点線で切り抜いて使ってください。

『コンビニたそがれ堂異聞 千夜一夜』特典　アマビエ様　栞

除災招福

コンビニたそがれ堂異聞　千夜一夜

村山早紀

ポプラ文庫ピュアフル

コンビニたそがれ堂異聞

千夜一夜

風早《かざはや》の街の駅前商店街のはずれに
夕暮れどきに行くと
古い路地の　赤い鳥居の並んでいるあたりで
不思議なコンビニを見つけることがある
といいます

見慣れない朱色に光る看板には
「たそがれ堂」の文字と　稲穂の紋

ドアをあけて　中に入ると
ぐつぐつ煮えているおでんと
作りたてのお稲荷《いなり》さんの甘い匂いがして

レジの中では
長い銀色の髪に　金の瞳のお兄さんが
にっこりと　笑っています
切れ長の目は　きらきら光っていて
ちょっとだけ　怖《こわ》いけれど
明るくて　あたたかい声で
その人は「いらっしゃいませ」
と言うのです

「いらっしゃいませ、お客さま
さあ　なにを　お探しですか？」

そのコンビニには
この世で売っている　すべてのものが
並んでいて
そうして
この世には売っていないはずのものまでが
なんでもそろっている　というのです

大事な探しものがある人は
必ず　ここで見つけられると
いうのです

店の名前は　たそがれ堂
不思議な　魔法の　コンビニです

もくじ

海の記憶

　そのとき、わたしは学校の友人たちと、いつもの甘味屋さんでクリームあんみつを食べていた。とても楽しくて、美味《おい》しくて。みんな笑っていて、幸せだった。

　駅前商店街の外れの、古い路地にある、小さな、懐かしい感じのお店。

　いかにも昭和な感じの店構え。天井が低い、木造のお店には、ビーズをつないだのれんが掛かり、古い看板や、招き猫、貝殻でできたかわいらしい土産物のお人形なんかが飾ってあったりする。作り付けの棚には小さなラジオ。一日楽しげに鳴っていてにぎやかで、わたしたちや他のお客さんが多少お喋《しゃべ》りしても、居心地がいい。

　学校帰り、誰がいうともなく、その店に寄ることに決めて、じゃれ合いながら、気持ち急ぎ足でお店に向かい、のれんをくぐって、こんにちは、って挨拶しながら、わいわいと席に着く、それはわたしたちにとって、きわめて当たり前の日常だ。

　お店の主《あるじ》のおばあちゃんが、いらっしゃい、お帰りなさい、って、あったかい笑顔で迎えてくれるのもいつものこと。おばあちゃんが皺《しわ》だらけの手で丁寧に作ってくれる甘いものがどれもこれも美味しいのもいつものこと。

ついでにいうと、昔、おばあちゃんの娘さんがわたしたちと同じ女子校に通っていたから、この制服を着ているると、贔屓《ひいき》して、少しだけ多めに作って出してくれるのもいつものことだ。ソフトクリームだと一巻き多かったりする、そんな感じにおまけしてくれる。

わたしたちは、いつも何を注文するか決められず、迷いに迷って、それこないだも頼んだでしょ、なものにしてしまい（わたしのクリームあんみつみたいに）、友達の頼んだパフェやバナナボートが美味しそうに見えて、銀のスプーンでシェア、っていうか、互いにつつき合ったりする。かき氷を頼んだ子には、ちょっといくらなんでも早いんじゃない、なんて声が飛んだけれど、結局その子のガラスの器に入った桜あんのかき氷が、美味しい、かわいい、と、一番人気になって、みんなが——もちろんわたしも、次はこれを頼もう、と心に誓ったりしたのだ。

次は、次こそは。

今度学校帰りにこのお店に来たときは。

きっとそれはすぐのことで——もしかしたら、わたしはまたクリームあんみつ頼んじゃうかも知れないけど。

いや、桜あんのかき氷は季節メニューだから、忘れずに頼まないと、食べられなくなっちゃうから気をつけなければ。

来年の春まで食べられなくなっちゃう。

来年の桜が咲く頃まで、食べられなくなる。


そのとき、ふと、足音が聞こえた。

ひたた、ひたた、と聞こえる。

小さな、軽い足音。あれは体重の軽い、子どもの足音だとわたしは思う。

布団の中で、目を閉じたまま、まどろみながら。

どこか遠くから、少し弾むように、たまに跳ねるように、たたた、たたた、と、リズムを刻んで、小さな足音は近づいてくる。聞きおぼえのある愛しい足音。

そうだ、あれはスキップだ。ご機嫌な子どものスキップ。止まったり、またゆっくり歩き出したり、走るような足音になったりするのは、いろんなものを見ながら、ふらふらと楽しく歩いているからだろう、とわたしは思う。

たまに小さな顔を上げて、何かを探すように、辺りを見回したりしながら、ひとりスキップする様子が目に見えるように思うのは、わたしに年の離れた幼稚園児の弟がいて、ああ、あの子の足音と同じだと思うからかも知れない。

幼い弟——透矢《とうや》の考えていることは、たまにわからない。同じ人類に思えないときもある。いつも元気で楽しげで、踊るように歩き、はしゃぎ、うたい、走る。そして転ぶ。前に転んで顔を打って、前歯が一本かけてしまっているけれど、気にせずに、にこにこと笑う。

最近は鍵盤ハーモニカが好きで、一日中ぷかぷか何か吹いていて、さすがに少しうるさいなあ、と思ってしまう。

でも怒る気になれないのは、やっぱりどこか小動物か妖精か、何かそういう罪のない存在のような気がするからかも知れない。

おねえちゃんおねえちゃんと懐いてくれてるのも、まあかわいいし。

(うん、あれは、あの足音は小さな子どもだ。子どもが、外をスキップしてるんだ)

(元気でいいねえ)

まどろみながら、わたしは、ぼんやりと確信して、布団の中にきゅっと縮こまる。

二〇二〇年四月。街に桜はもう咲いているけれど、今年の春はいつまでも寒く、その歩みはやたらに遅い。そして我が家は古いから、隙間風が年中吹き通る。わたしの胸元あたりによりそい、丸くなって寝ている、姉妹猫の鵺子《ぬえこ》と虎子《とらこ》を抱きしめて暖をとろうとすると、それぞれが迷惑そうにもぞもぞと布団の外に這い出す気配がした。

冷たいなあ、とわたしは口を尖らせる。子どもの頃から、ずっと一緒に育った猫たちなのに。

夜明け前、まだ夜の闇が去りがたく風早《かざはや》の街を覆い、わたしの部屋の中にも冷たい夜の空気がそこここに満ちている、そんな時間。

わたしは少しずつ浮世に戻ってきながら、遠ざかってゆく儚《はかな》い情景を懐かしむ。そう――さっきまで友達と、いつもの甘味屋さんで美味しいものをぱくついていたんだ。口の中に幻の甘さを感じながら、耳の奥で友達の笑い声や、沙也加《さやか》、とわたしの名を呼ぶ声や、店に流れていたラジオの音を思い出しながら、ぼんやりと、ああ、わたしは夢を見ていたんだな、と思った。

そうだ。いまのは夢なんだ。

友達とお茶なんて最近は行っていない。そもそも高校は例のウイルスのせいで、ずっとお休みになっている。商店街の甘味屋さんは、他の多くのお店と同じに閉まっている。おばあちゃんはどうしているんだろう。ひとり暮らしでお店の上に住んでいたはずだ。

古いお店なのに、このまま閉店してしまうのかも知れない。他のお店も小さいところはそうなるかも、と、昨夜《ゆうべ》、父さんと祐子《ゆうこ》お姉ちゃま、祐実《ゆみ》お姉ちゃまが、うちの居間で、低い声で話していた。本棚と大昔のステレオが並ぶ天井の高い部屋の、古いソファに腰をおろし、猫たちを撫《な》でたり、膝《ひざ》に乗せたりしながら、話し込んでいたらしい。夕食の後、わたしと透矢がちょっと席を外していた間に、そんな話になっていたらしい。透矢がコンビニのプリンを食べたいというので、坂の下にあるお店に出かけて、ただいまと帰ってきたら、さっきまで笑っていたおとなたちが深刻な表情になっていたのだ。

お姉ちゃまたちは、双子の大学生。わたしの姉みたいな存在だけど、父さんの、年が離れた妹にあたる。同じ町内にある、おばあちゃまの家から、ときどきうちのことを手伝いに来てくれる、優しくて楽しいひとたちだ。

ふたりはわたしと透矢が自分たちの話を聞いていたらしいと気づくと、席を立ち、笑顔でじゃあね、と部屋を出ていった。わたしと透矢の肩や頭に手を置いて。

いまちょっと暗い話をしてたけど、たいしたことじゃない、気にしなくていいんだよ、みたいな、そんな軽やかさだった。

だからわたしは、お姉ちゃまたちの背中にも、ひとり残って、冷めたお茶を美味しそうに飲んでいる父さんにも、甘味屋さんや商店街のことを訊《たず》ねようとはしなかった。

子どもとおとなの端境期《はざかいき》にいるんだと、わたしは自分を自覚していて――いずれおとなの側に移動する自分としては、こんなとき、不安になってあれこれ訊《き》くなんて、子どもっぽいことはしたくないと思ったのだった。

だから、透矢が、幼い子ども特有の勘の良さで、何があったのだろうというように、辺りを見回し、不安そうな表情を浮かべたのに、さりげなく、

「さ、手を洗いに行こう」

と、声をかけ、背中を押して、洗面所に誘った。

「しっかり洗おうね。悪いものを洗って落とさなきゃ。そしてプリンを食べなくちゃ」

「うん、プリンをたべなくちゃ」

幼稚園児の頭は、すぐにプリンでいっぱいになったらしい。きゃっきゃっとはしゃぎながら、半ば走るように洗面所へと向かう。

わたしもそのあとを追いながら、ふとため息をつく。――お姉ちゃまたちの分もあったのになあ、プリン。

二〇二〇年――この春の流行病が、商店街とわたしたちの暮らしに与えた影響は大きい。

もしこのままウイルスが街から去らなかったり、消え去ってくれるとしても長く居座れば、わたしたちはきっと、たくさんのものを失うだろう。街も、住民たちの心も疲弊しきってしまう。死んでしまう。

そして、わたしたちにできることはない。

たぶん、何もない。

見つかったばかりの新しい病気には、薬がまだないのだもの。

人間にできることは、たぶん、祈ることくらいだ。

(人間って、無力だよね)

そうして、祈ったところで、きっと、願い事を叶えてくれる、優しい神様なんて、どこにもいないのだ。

世界には魔法も奇跡も存在しない。

だから、わたしは祈らない。

どんな善人も、死ぬべきでないひとも、愛されているひとだって、あっけなく命を落とし、この世界を去ってゆく。

この病だって、黒い嵐のようにこの街や世界を吹き荒れ、たくさんのひとの命を奪い去ってゆくのだ、きっと——。

もしそれが、目に見える存在で、戦ってどうにかなるものなら、どんなにいいだろう。きっと人間たちはどうにかそれに立ち向かおうとする。命を守り、滅びの道からなんとか逸れ、生き抜こうとするだろう。

けれど——相手が目に見えない存在なら、拳を振るっても空を切るばかり。銃剣だってミサイルだって、それこそ大陸間弾道弾だって、人間ごときが持つ武器には、何の力もないんだから。

（世界はこれから、どうなっちゃうんだろう）

自分の命よりも、この街のひとたちが心配だし、甘味屋さんの未来や、商店街の今後が苦しいほどに心配だった。世界中でいまこの瞬間も病んで苦しんでいるひとたちがかわいそうだし、なんでこんなことになっちゃったんだろうと思うと、辛かった。

まさか風邪の親戚みたいなウイルスで世界がこんなに大変なことになるとは思っていなかった。大昔の世界ならともかく、こんなに科学が発達したいまの時代にウイルスが猛威を振るうとは。ここのところずっと、悪夢の中に生き、悪夢の中に暮らしているみたいだと思っている。

夢から醒《さ》めかけていても、まだ脳の芯のところは眠っていて、ただ切なくてさみしくて悲しくて、目が涙で潤《うる》んだ。

まぶたを閉じたまま、拳で涙を拭おうとした、わたしの耳には、小さな足音が聞こえ続けていたから、最初はそれも夢かと思ったんだ。

けれど、

(——違う、夢じゃない)


外に誰かがいる。

こんな夜明け前の、まだ暗い時間に。

外で。

小さな子どもの足音がする。


その瞬間に、目が覚めた。

見えない糸でつり上げられるように、夢の中の世界から、魂が浮世に戻ってきた。

無意識のうちに、枕元の時計を見る。

まだ五時になっていない。

背中が寒くなった。こんな時間に、小さな子どもがひとりで外にいるのはおかしい。

我が家でいちばんの早起きは父さんだけど、その父さんだってまだ寝ている時間だ。いまこの家で起きているのは、たぶん、わたしだけ。

浴衣の腕をついて、静かに身を起こす。

無意識のうちに右手が、いつも布団のそばに置いている弓を摑《つか》む。弓だけだ。これは魔除けの法具だから、矢は要らない。

世界には、優しい神様や奇跡や魔法は存在しなくても、魔物や呪いは存在するってことを、悲しいかな、わたしは知っている。子どもの頃から知っていた。この家の子なら、先祖代々、自然とそうなってしまうんだろう、きっと。父さんも前にそんな話をしていた。父さんはわたしと違って、神様を信じる、祈るひとだけど。

わたしたちは、魔物を見つけ、魔物を祓《はら》う。それを代々の仕事としてきたから。

布団から出た上半身を、部屋の中に立ちこめる、冷たい夜明け前の空気が包み込んだ。

鵺子と虎子が、障子の方を向いて腰を落とし、大きな耳をぴんと立てて、耳を澄ましている。猫背の背中が緊張しているのがわかる。

二匹ともかすかに唸《うな》り声を立てている。

猫の耳にも不気味な足音なのだろう。

そもそもこの辺は、暗い時間に子どもがひとりで歩くようなところじゃない。

住宅地じゃないし、というか、繁華街の大きな商店街からも、少しばかり遠い。ついでにいうなら、うちは、長い石段と坂道の上にある、森に包まれた小さな神社だ。

この辺りは、街の真ん中に近い場所にありながら、小さな山のようになっている。特に名前はないけれど、地元の人には、「お山」なんて呼ばれることも多い場所だ。下へと通じる大小の数本の道は、だからみんな、石段と坂道で、ここからは街のいろんな場所が見下ろせるし、降りてゆける。うち一本は、敷地の端にある、真下に見える海へと降りる急勾配の階段で、わたしと透矢は危ないから降りないようにいわれていたりもする。

隔離されているわけでもないけれど、高さのせいもあってか聖域とされているこの場所に、こんな時間にいるのは、うちの家族と野鳥たち、森に棲《す》み着いている、狸《たぬき》やいたちくらいのものだろう。

わたしの家は神社。この街に古くから在る、鎮守の社、風早神社、あるいは風早三郎《かざはやさぶろう》神社。土地の守護神風早三郎を祭る、小なりといえど、歴史ある古い神社なのだから。

リアリティのない小さな足音は、薄暗く静かな時間にたたたたと響く。目が覚めてゆくにつれ、ホラー映画の一場面みたいだ、と連想し、その連想が自分で怖くなる。何考えてるんだよ、馬鹿、と自分にツッコミを入れる。

砂利を踏み、石畳の上を駆ける小さな足音。たたた、たたた、と繰り返す、子どもの軽い足音。小さな足音は、スキップを続けながら、うちの――神社の敷地の中を、移動している。

部屋の障子の向こう、廊下とガラス戸の向こうを、小さくて軽い姿の誰かが駆けている。

建物のぐるりの庭と中庭を移動していく。スキップをしながら、ときに立ち止まり、辺りを見回すようにしながら、まるで、建物の――神社のまわりを回っているように。そう、何かを探しながら歩いているように。ひとり、スキップを繰り返しながら、移動している。

足音に耳を澄ます猫たちは真剣な顔をして、首と耳だけを音につれて動かしている。

「――誰なんだろうね？」

わたしはそっと呟《つぶや》き、静かに立ち上がる。

廊下の方に行こうとして、隣の部屋を振り返る。腰を落として、そっと古い襖《ふすま》を開ける。

隣は透矢の部屋だ。怖がりでさみしがりやの透矢は、暗い部屋では眠れない。いつも枕元に置いた電気スタンドの淡い光に照らされたまま眠る。

甘えっ子の幼稚園児は、たくさんのぬいぐるみや乗り物のおもちゃ、お気に入りの鍵盤ハーモニカに囲まれて、布団に埋もれ、すやすやと眠っていた。死んだ母さんに似ている寝顔は、姉視点で見ると、素敵に天使に似ていて、とても愛らしい。――大丈夫、この子がかわいいのは、いつものことだ。当たり前の日常だ。

わたしはほっとして、また襖を閉めた。

もしかして、弟が――透矢本人が、庭をスキップしていたりして、と、一瞬思ったけれど、やはりそうではなかったらしい。

よく考えてみればそれはないか、と自分で打ち消しながら、わたしは立ち上がる。怖がりの透矢には、こんな時間にひとりで薄闇の中をスキップするようなことはできない。できるはずがない。

ひとつ息をして、わたしはすうっと障子を開ける。二匹の猫が、長い尾をなびかせるようにして、わたしより先に静かに廊下に出る。

廊下の向こう、ガラス戸の外に見える庭はまだ夜の色の空気にとっぷりと沈み込んでいる。青と藍色のガラスを通して世界が見えるように。海底みたいな世界だと思った。

わたしは普段はこの時間は爆睡しているから、うちの神社の庭のこんな様子を見ることはない。珍しいなあ、なんて他人事みたいに思いながら、足音の主を探した。

庭に灯る灯りを頼りに目で探す感じでは、誰も見つからない。

足音も、不意に途絶えた。

途端に、しん、と無音の世界になった。

風の気配さえ止まった。

(うわあ、やな感じ)

ホラー映画だと、魔物とか幽霊、殺人鬼が出てくるタイミングじゃないか、と思う。

心臓が痛いほど鳴りだしたけど、弓を握りしめて、廊下に足を踏み出した。

無意識のうちに足音を忍ばせた、裸足《はだし》の足がひやりとする。板張りの廊下は滑らかだけど、いまはまだ春が浅い。氷にふれるようだった。

「わたしがなんとかしなくちゃ」

呟く。「父さんはまだ寝てるもの。透矢を守らなきゃだもの」

そして、この街を守らなくては。

呟きながら歩く。廊下を渡り、庭に向かって。

掃き出し窓の木の枠に手をかけ、冷たい鍵を回して開ける。

開いた窓から、よく冷えた風が流れ込んでくる。土と水の匂いがする。少しだけ、春の花の匂いがする。目の前の空を、庭の桜の木から散ったとおぼしき花びらが流れてゆく。

わたしの足下を抜けて、先にするりと庭へと駆け出した、鵺子と虎子が、追い越しざまに振り返り、わたしの顔を見上げて、笑うような目をして、にゃあと鳴いた。

一緒にいるよ、そんな声で。

「そうだね。おまえたちがいたね」

猫たちは先を行く。大きな両の耳を動かし、鼻で風の匂いを嗅ぐようにして、怪しい訪問者の気配を探す。

わたしは踏み石の上にある草履を履き、下へと降りる。風の冷たさに浴衣の胸元を合わせ、風に乱れる髪を片手でまとめて、弓を手に、猫たちとともに、あの足音の主を探そうとして——足下の土の上にあるものに気づいた。

足跡だ。水に濡《ぬ》れた、小さな足跡だった。

わたしは透矢の靴を思い浮かべた。同じくらい、いやもう少し大きいと思う。けれどそれは、靴跡ではない。裸足の、数本の指の形がある足跡が、いくつもいくつも、辺りにある。建物に沿って続いている。そう、何回も建物のぐるりを回ったような足跡だ。

足跡の主は、足だけでなく、全身が濡れそぼっているのだろうか。足跡に沿って、雫《しずく》が滴《したた》り、点々と散ったあともある。

特に、ガラス戸の前を何度も往復したのか、まるでスタンプでも押したように、幾重にも、足跡と水滴で引いたラインができていて、わたしはぞっとした。足跡は何回か、ガラス戸の方に歩み寄り、踏み石にもその足跡があって、まるで中を覗《のぞ》き込もうとしたか、中に入ろうとしていたかのように見えたからだ。

想像すると、くらくらする。水に濡れた、怪しい子どもが、ひとり裸足でスキップしながら、わたしたちの眠る離れのまわりを回っていたのだ。夜明け前の暗い、森に包まれた、ひとけのない神社の敷地の中を。

ふと、猫たちが、身を低くして、ぴくりと耳を動かす。

そのまなざしが見つめる方へ、わたしも視線を向ける。

——いた。たぶんあれだ。

わたしたち家族が暮らす離れと神社の間の、手水場《ちょうずば》があり、古い楠《くすのき》が茂る辺りに、小さな人影があった。

木によりかかるようにして、うつむいている。髪が長かった。全身を覆うほどに長い。

とても華奢《きゃしゃ》に見えた。薄暗くてよくわからないけれど、小学生くらいかな、と思った。でも子どもにしては、ひょろりとして見える。——というよりも。

「あれ」は、子どもじゃない。

人間じゃない。

「それ」は、うつむいたまま、甲高い声で呟いた。鳥のさえずりのような声、疲れたような声だった。途方に暮れたようにいった。

『入れない……入れない。どこからも、中に入れない……。ここまで来て、なんと口惜しい……すぐ近くにいて、「あの方」にお会いできないなんて』

風が吹いた。それのいる方から。

生臭い、海の匂いがした。

猫たちが、うう、と唸り声を上げる。

わたしは弓を握りしめる。

あれはひとでないと、ひとめでそう思ったのは、薄暗い庭に佇《たたず》んでいるのに、不思議とはっきりとその輪郭が浮いて見えたからだった。かすかな雲母《うんも》のような光を、それは全身から放っていたのだ。

人間は、あんな風に、暗がりでくっきりと見えないし、あんな風には光らない。

それがこちらを振り返った。髪に覆われて、目鼻立ちのはっきりしない顔の、その目の辺りが、まばゆい光を放つように明るく見えた。


わたしは弓をとり、見えない矢をつがえた。

口の中で祝詞を唱えながら、指先を魔物に向ける。

きりきりと弦が鳴る。

見えない矢だけれど、宙を念が走れば、魔物に届き、その魂を散らすことができる。

魔物は世界の隙間に生まれる、よどみのようなもの。わたしたち、この神社を守る者たちは、この街のよどみを散らし、空間を清めることができるのだ。

けれど矢を放つより前に、それはキイキイと驚いたような声を上げ、半ば舞い上がるように身をひるがえし、恐ろしい速度で、その場を走り去った。

スキップのような、不思議に揺らぐ走り方をするのも道理、それの足は三本で、まるで鳩《はと》のように首と肩を揺らしながら駆けてゆくと、長い髪から、水滴がこちらへと飛んできた。

足跡はやはり濡れていて、そう、その魔物はやはり、全身が、まるでいま水から上がってきたばかりというように、ぐっしょりと水に濡れているのだった。


わたしと、そして猫たちは、そのあとを追った。

それは、神社の参道——幾本かある道のうち、繁華街ではなく海の方へと通じる急勾配の苔むした階段の方へと舞うように駆けてゆく。

それのからだは濡れているだけでなく、ぬめりを帯びているようで、足跡にはたまにねばつく粘液《ねんえき》も見えた。粘液はまるで、生魚のからだを覆うそれのように生臭かった。

ちょうど夜が明けようとしているところで、東の空がうっすらと銀の光を帯び、明るくなってきていた。森の野鳥たちが、目が覚めたように口々にさえずり始める。冷たい空気の中には、かすかに、けれどはっきりと春の花や木の芽の匂いが感じられて、こんな辛い年でも地球にちゃんと春はめぐってくるのだと思わせる。

そして、魔物は、海に向かう階段を降りようとしたように見えながら、そこにたどりついた瞬間、手すりと柵を乗り越え、宙へと身を躍らせた。

夜明けの空を、きらきらと光を放ちながら、海に向かって舞いあがるようにして、姿を消したのだ。

間もなく、海に何かが落ちる音がした。

わたしと猫たちが、魔物のいた場所にたどりついたとき、日が昇る東の海を遠く見下ろしたときには、魔物の頭らしきものが、遠く遠く、沖に向かって泳ぎ去るところだった。

足下の草むらに、雲母のような光を放つものが、いくつも落ちていた。

身をかがめて見ると、それは、魔物から落ちた水滴と粘液と、そして、透明で美しい無数の鱗《うろこ》だった。虹色の光を放つ、透明な鱗。

同じ色の光を、魔物のからだが放っていた、とわたしは思う。――朝の光を受けて、長い髪をなびかせ、駆けてゆく魔物のからだはきらめいて見えた。水の中の魚のように。

そうだ。少々、というかかなり不気味だったけれど、あの魔物は美しかった。

猫たちが、粘液の匂いが気になるというように、いつまでも辺りの匂いを嗅いでいた。

「そりゃそうだよね」

いつも神社で、神様に供える、尾頭付きの生魚。そんな匂いが辺りには満ちていたのだった。

神様の前から下げた後は、父さんが三枚に下ろして、猫を含めた家族で美味しくいただく、そのご馳走と同じ匂いだった。

離れに帰ると、父さんはもう起きて、作務衣《さむえ》姿で台所に立っていた。居間に置いているラジオで、早朝の番組を聴きながら、コーヒーメーカーでコーヒーを入れようとしているところだった。窓からの朝陽を浴びて、これからサラダを作り、ホットサンドメーカーで家族三人分の朝食を作ろうとしているところなのだろう。それがいつもの父さんのルーティン。いつもながら手早い。さっきまで寝てたはずなのになあ。

猫たちが早足で父さんに駆け寄り、おはよう、というように、足に身を寄せたり、床の水飲み場で水を飲んだりした。

ラジオから流れる明るい音楽にご機嫌そうに鼻歌をあわせながら、りんごの皮をむいていた父さんは、ちら、とわたしの方を見て、おやおやまだ寝間着なのかと笑った。

「早く着替えてきなさい。透矢も起こしてきて。ホットサンドが焼けすぎて焦げてしまうよ。今朝のは特に美味しく焼けそうなんだから、もったいないよ」

甘い匂いがする。バナナとピーナツバターにアーモンドスライスをはさんだ、甘いホットサンドの匂いだ。透矢が大好きだけど、もちろんわたしも好きだった。

りんごの皮をむく手つきも、わたしに向けた声も、穏やかで、とても優しい。そして父さんはいつもほぼ笑顔だ。いつもにこにこと笑っているひとだ。

父さんが笑顔でなかったのは、母さんが病気で遠い街の病院に入院していた日に、ひとりきり、離れの母さんの部屋で（それはいまはわたしの部屋だ）窓越しの雨降る空を見ながら、静かに涙を流していた、あのときくらいだと思う。――あれはまだ透矢が生まれる前。わたしがいまの透矢くらいだった頃の記憶なのだけれど、あのあと長く入退院をくり返した母さんは結局は病院で亡くなったので――そのときは父さんも泣いたのだろうと思う。わたしの前では泣かなかったけれど。

りんごと果物ナイフを手にしたまま、ふと、父さんが首をかしげる。柔和な表情のまま、わたしの方を振り返り、訊ねた。

「どうしたの？　何かあったのかい？」

こちらをじっと見つめるまなざしが、深い。

わたしは猫たちに手伝ってもらいながら拾い集めた魔物の鱗を父さんに差し出し、夜明け前にここを訪れた、魚の匂いがする三本足の魔物の話をした。

父さんはこの神社の宮司だ。けれど、兼業で、ふだんは医療関係の機械を扱う会社で営業の仕事をしている。元は技術者だということもあって、大抵の機械には強いし、マルチタスクは得意だ。

いつもの日々だと父さんは、わたしたちとともに手早く食事を済ませ、神主の装束に着替えて、お社に行き、神様のお世話をする。そして、わたしと透矢が巫女《みこ》装束や子ども用の神職の服に着替え、竹箒《たけぼうき》を手に掃除を始める頃には、背広に着替えて出社するのだ。――いまはウイルスのせいで、会社はテレワークになっているから、もう一度作務衣に着替えて、離れに戻って、書斎でパソコンに向かうんだけど。

うちの神社は小さいし、祭っている神様、風早三郎があまり仰々しいことはお好きじゃない（と、昭和の頃、当時の宮司だった、若き日のわたしのひいおじいちゃまの夢枕に立っておっしゃったらしいという話。わたしはそんなお伽話《とぎばなし》のようなこと、信じてはいないんだけれど）ので、太平洋戦争の敗戦後、うちの神社では祭事もあまりしなくなってしまっていた。風早神社の夏の大祭と七五三、冬の年越し、新年の行事くらいのものだ。

すると、一日中宮司が神社にいなくても、巫女であるお姉ちゃまたちや、巫女見習いのわたし、この神社のしきたりに詳しく、神職の資格を持つおばあちゃまがいれば、なんとかなってしまう。新年の行事のように混むことがわかっているときは、バイトの巫女さんの募集もするし。

宮司の仕事は、ざっくりいうと、個人や企業からのご依頼で、土地や場所、ひとを清める仕事が多いのだけれど、それもお客様と会い、お話をまとめることまではわたしたち家族の仕事なので、父さんはさほど忙しくならないですむ。何しろ神社の規模が小さいので、うちの神社に持ち込まれる話はそこまで多くもないのだ。

父さんは若い頃から、会社員としての自分の仕事を大切にしていたので、前の代の宮司だったおじいちゃまが亡くなって、跡を継いだあとも、兼業でそのまま仕事を続けているのだった。

我が家が守っている神社は、この風早の地の古い鎮守の神様を祭る、街のひとたちに大切にされている神社ではあるけれど、戦前、この街のあちらこちらに、ともに祭られた他の神々とともに社を持ち、信仰を集めていた、その頃のような大きな神社ではもはやない。

そもそもほんとうの風早三郎神社は、いまは駅前商店街と呼ばれる繁華街、かつての門前町の近く、ひとびとの住む街のただ中にあったのだけれど、終戦が近い八月、この街の半分を焼いたという空襲で、街と一緒に焼けてしまった。

社があったその場所には、いまは、風早三郎の絵を飾った、小さなほこらしかない。わたしたちが暮らす、丘の上、森に囲まれた場所にあるいまの神社は、神様にとって、いわば別荘地のような社のひとつのはずだったのに、いまではここが風早三郎神社と呼ばれる場所になってしまった。――神様がそれでいいといったというんだから、まあ仕方がないことなのかも知れない。

子どもの頃、父さんから聞いた話では、氏子のひとびとがお金を出し合い、集めたりもして、焼け跡と化した元の場所に、立派なお社を造り直そうという話もあったらしい。うちの神社の氏子は商店街の大きな店の店主や会社社長、地主、とまあ裕福なひとびとが多い。戦後すぐの貧しい時代だったとはいえ、それも可能だったはずなのだけれど、風早三郎が辞退したそうだ。

神様は、当時の宮司、すなわち、若き日のわたしのひいおじいちゃまの夢枕に立ち、光り輝く白狐《びゃっこ》の姿でこういったそうだ。——立派な社など、必要ありません。わたしには、お山の上の、森の中の小さな社がひとつあればいいのです、と。

『太古より今日まで、わたしのものとされてきた土地は、街の皆様に差し上げます。売るなりそこに皆様が暮らすなりしてください。もとは皆様の先祖が、代々わたしに寄進してくれた土地のようなものです。想いがありがたく嬉《うれ》しかったので、預かっていましたが、いまが返すべきときかと思います。

お金もわたしは必要ありません。わたしの社のために集めてくださるというのなら、そのお金で皆様が家を建て、美味しいものを食べ、清潔な服を着て、幸せに暮らしてください。

わたしが望むのは、この地でひとの子たちが幸せに暮らすこと、街が栄え、笑いや楽の音の絶えない日々が蘇《よみがえ》り、幾久しく続くことなのですから』

民話とか童話とか、そんな話みたいだなあとわたしは思う。子どものときもそう思ったけど、いまもやっぱりそう思う。

そもそも、神様が夢枕に立ったっていわれて、その言葉を大の大人たちが信じたってどういうことなんだろうと思う。

江戸時代のお話とかじゃなく、戦後の、一応昭和時代に入ってからのことなのに。

でも実際に風早神社の氏子のみなさんは、宮司の言葉を信じ、繁華街に大きな社を造ることはなく、神社がかつて持っていた土地を街のものとした。焼け野が原に家を建て、店を、やがて商店街を作り、年月を重ねるうちに、戦前と同じ、いやもっと大きくりっぱな風早の街を作り上げたのだった。

わたしは神様を信じないけれど、もし風早三郎が存在するとしたら——いまのわたしたちを見て、どう思うだろうと考える。

自分の思うとおり、人間たちが豊かに暮らすようになって良かったと思っているだろうか。——そして、ウイルス騒ぎで大変ないま、混乱し、悩むわたしたちに手を貸してあげたいと思ってくれたりはしないのだろうか。

そう。ずっと昔に、昔話に出てくるくらいに遠い昔、まだ民話や神話で語られるような、遠い時代に、この街でひどい病が流行ってひとが大勢亡くなったことがあるという。

たくさんのたくさんのひとびとが斃《たお》れた。鎮守の神、ひとを愛し見守っているはずの、優しい神、風早三郎は、そのときなぜか、風早の里を救ってくれなかったという。

その理由を誰も知らない。

神様にも何らかの事情があったのだろうと、父さんもおばあちゃまも、お姉ちゃまたちもいうけれど——わたしはそれこそ、神様なんていないからなんじゃないかと子どもの頃から思っている。

だからきっと——令和のいま、神の救いを求めたとしても、奇跡は起こらない。

わたしはそう思っている。言葉にはしないけれど。

「その、魚みたいな三本足の魔物は、離れのまわりをぐるぐる回っていたんだね？」

りんごとナイフをカウンターに置いて、父さんがわたしに訊ねる。コーヒーメーカーはコーヒーを作り終わり、良い匂いをさせている。ホットサンドメーカーはあと少しかかるかな、というところだ。

わたしはうなずく。

「そうなの。お社のまわりにも足跡がたくさんあったから、お社のまわりも回ってたんだと思う。たぶん、中に入ろうとして」

魔物の三本足の足跡は、神社の敷地の中に、建物のまわりを囲うように、無数にあった。

そして——足跡は、あの魔物が最後に飛びおりた、海への階段にも残っていた。急な階段に印《しる》された足跡は、海から神社の方へと続いていた。あの魔物は、夜の間に、海から上がってきたのだ。だから、全身が濡れていたのだろうと思った。

そして魔物は、わたしと猫たちに追われ、海へと帰っていったのだ。

「つまりその魔物は、夜明けに沙也加に見つかるまでは、うちの神社の敷地の中を、自由にぐるぐる歩いてたんだね。建物の中には入れなかったというだけで」

「うん、『中に入りたい。でも入れない。ここまで来て』みたいなことをいってた」

あと、何だっけ。誰かに会えない、みたいなこともいっていたような。小鳥のような声で。――誰に会えない、会えなかったというんだろう？

「なあ、沙也加。この神社の、お社と離れには、昔、昭和の時代に、若い頃のぼくのおじいちゃま、つまり沙也加のひいおじいちゃまが、魔除けの結界を張った、って、そのことは話したことがあったかかな？」

「結界？」

わたしは思い返す。結界というと、魔除けの障壁というか、ゲームでいうと、攻撃を弾く無敵のバリアみたいなものだ。ひいおじいちゃまがそんな術を施した、という話は――そういえば、いつか聞いたことがあったかも知れない。もうずうっと前、子どもの頃に。

戦後すぐの、ひとがたくさん死んだ後、焼け野が原になったこの街には、あちこちに苦しんで死んだひとたちの霊、自分が死んだことに気づかずに、家に帰ろうとしたり、離れればなれになった家族を捜す霊たちが夜ごとに無数にさまよった。その霊に惹かれるように、地底や夜の隙間から、怪しい魔物たちがしみ出すように湧いてきたりもした。

悲しい想いを抱いてさまよう霊たちは、ひとにとりつき、ひとを迷わせる魔物になりかねない。

ひいおじいちゃまは、時に街の住人たちに頼まれ、時に使命感を持って、神社から街に降り、霊たちに語りかけ、魔物を祓った。

魔物と化した霊たちは、ひいおじいちゃまの言葉に自分を取り戻し、この宇宙のどこかにある、死んだ者たちが向かうところへと、解き放たれていった、という。

それはなかなか手がかかることで、魔物の恨みを買うこともあり、ひいおじいちゃまは、そこで、念のために、と、神社に結界を張った、と聞いたような聞かなかったような……。

「沙也加のひいおじいちゃまは、若くして、とても大きな、魔除けとお祓いの力を持つひとだったらしい。かなりしっかり神社の敷地全体に結界を張って、悪い魔物や迷える霊が、この神社まで上がってこられないようにしたんだ。さらに、ひとならぬものは、この神社の建物に入れないように、『鍵』をかけた、見えない塀をめぐらせた、と、父さんは昔、母さん――沙也加のおばあちゃまから聞いている。そのふたつの結界は、誰も手をふれないまま、いまもそのままになっているはずだから、魔物は神社の敷地には入れないし、ひとならぬものは、お社やぼくたちの家には入れない。

「ということは……」

「余裕で敷地の中をぐるぐる歩いたり走ったりしてた、あれは魔物じゃないってこと？」

「そういうことになるねえ」

「でも見るからに人間でもなかったよ。ええと、じゃあ、ひいおじいちゃまの結界でも余裕で破るような、ものすごい魔物だったとか？」

自分でいいながら、うーん、と腕組みをする。ものすごい魔物、とかそんな恐ろしい雰囲気の魔物には思えなかったような気がするのだ。建物の中に入れない、と、うつむいてしょんぼりしていたような、あの感じとか。わたしに弓を向けられて、小鳥のような声で悲鳴を上げて、ばたばたと逃げていった、あの感じとか。小柄で華奢で、子どもみたいに見えたから、そう思えるのかも知れないけど。

「――しかし、綺麗《きれい》な鱗だねえ」

父さんは、てのひらに魔物の残した鱗を載せて、どこか楽しげにそういった。

それにしても、透矢が起きてこない。

わたしは気になって、部屋に迎えに行くことにした。——魔物の正体については、あとで考えようと思う。いまはまず、できたてのホットサンドとコーヒーだ。

「透矢」

部屋の襖を開けたとき、少しだけ背筋が寒くなった。

きっと眠っていると思っていた小さな弟が、布団の上に身を起こし、こちらを向いて、ちんまりと正座していたからだ。そうして、カーテンを閉めたままの薄暗い部屋の中で、じいっとどこかを見つめている。

その表情はいつもと違って、静かで、どこかおとなびて見えた。まるで、知らない子どものように見えた。

すぐそこに、手の届くところにいるのに、とても遠い、違う世界にいるように思えた。

「——透矢？」

恐る恐る、声をかける。

するど、弟はいつものような無邪気な表情で、明るくわたしを見た。

「なあに、おねえちゃん？」

布団をけるようにして立ち上がり、つま先立ちをして、くんくんと空気の匂いを嗅いだ。

「いいにおいがする。あまいにおい」

「バナナとピーナツバターとアーモンドスライスのホットサンドを、父さんが作ってくれてるよ」

「わあい」

ぴょんぴょんと跳ねるようにして、寝間着のままの透矢ははしゃぐ。

そのまま、台所に向けて走っていこうとしたので、うしろから声をかけた。

「着替えて、お顔を洗ってからだよ」

そういいながら、わたしも着替えなきゃと思う。鱗を拾った手も洗いたい。

両のてのひらを見ると、魔物の粘液の跡がまだあちこちに残って、かすかに光っていて、生魚の匂いがした。

透矢が、ふと、振り返った。

あどけない表情で、いつものように笑いながら、一言いった。

「おねえちゃん、ぼく、おもいだしたよ」

「――何を？」

「たいせつなこと」

「大切な、こと？」

思わず訊き返すと、透矢はきょとんとした顔をした。そして、ホットサンド、ホットサンド、とうたうようにいいながら、寝間着のままで、台所に向かってスキップしていった。


それきり、怪しい魔物はうちには来なかった。気になってはいたけれど、それより我が家的には大変なことがあって、魔物のことを考える余裕もなくなった。

あの朝からだった。透矢がときどき知らない子みたいに思えるようになってきたのは。

一日二十四時間のうち、ほとんどの時間はいままで通りの透矢なのだ。小動物みたいな、かわいい、あどけない。

でもときどき、ふと目が遠くを見る。

庭で掃除のお手伝いをしていて、空を見上げる目が遠かったりする。

それから、お昼寝をしていて、うなされたり、目から涙をぽろぽろ流していたりする。

「ごめんなさい。ごめんなさい」

と誰かに向けて泣きながら謝ったりする。

起こしても、きょとんとするばかり。

まだしゃくりあげている、汗ばんだ背中を撫でてやると、呟いた。

「さがさなきゃいけない」

「――何を？」

ひとつ息をついて、透矢は答える。

「たまてばこ」

「玉手箱？」

浦島太郎のあれだろうか？

乙姫様がプレゼントする、帰ってきた浦島太郎が開けると、もくもく煙が出てくる、あれ。おじいさんになっちゃう奴。玉手箱を探すって何よ？

わたしが訊き返すと、透矢はぱちぱちとまばたきをして、逆に訊き返してきた。

「たまてばこ？　なあに？」

そのうち透矢は、ひとりでふらふらと神社を出て行くようになった。街への道を降りていってしまう。

気がつくと、神社にいないのだ。

最初は、まさか街に降りているとは思わなかった。もしや、と勘が閃《ひらめ》いて道を降り、捜しに行ったら、ひとりで街を歩いていた。

そのときは夕暮れの、もう夜になろうとしているときで、繁華街の外れの方、港近くの薄暗がりを、ひとりきり、途方に暮れたような顔をして、うつむいて歩いていたのだ。

怖がりでさみしがりやのあの子が、ひとりきりで、おとなびたまなざしをして。

街が暗くなっていく、黄昏時《たそがれどき》の、わたしだってものさみしい気持ちになる時間に。

そもそも透矢が、ひとりきりで神社を出て、街に行くなんてこと、あるはずがないのだ。幼稚園バスで幼稚園（いまは休園中だ）に行くのと、お山にある近所の小さな公園に行くのがやっとの、この子はそんな男の子だった。優しくて繊細な代わりに、怖がりで冒険をしようとしない。

むしろ同じくらいの年の頃のわたしの方が、よっぽど元気で、無謀な幼稚園児だったと思う。森で適当な木の枝を拾って振りまわしながら、子猫時代の鵺子と虎子を連れて、お山の中を駆けめぐったり、街にこっそり降りていったりした。——あの頃は、コンビニたそがれ堂の存在を信じていたので、駅前商店街の外れの路地をめぐって探してみたりもしたものだ。

コンビニたそがれ堂——それは、うちの神社の神様、風早三郎がこっそり開いているという魔法のコンビニで、そこでは、この世にあるありとあらゆるものを売っているらしい。売っていないはずのものまで、売っているとか。そしてそこにたどりつくことができれば、ほんとうに欲しかったものが手に入るとかなんとか。

小さい頃、その頃のわたしにはとっても叶えたい願いがあった。心の底から欲しいものがあった。誰にも話せない願い事が。だから、神様のコンビニを探したのに、本気で探したのに、見つからなかった。

その後、大きくなるうちに、少しずつわかってきた。——世界には魔法も奇跡も存在しない。魔物や呪いは存在するくせに、人間にとって望ましい、幸せな魔法は存在しないのだ。

だから、街のひとたちが夢見る、魔法のコンビニも、願い事を叶えてくれる優しい神様も存在しない。だからわたしは、そのコンビニに行き着くことができなかったんだって。

夜中。

ふと気がついて、嫌な予感がして、隣の部屋を見たら、透矢がいなかった。

布団から抜け出して、きっとまた、ひとりで街へ降りていったんだ。

『たまてばこ』を探しに。

悪いことに、その夜に限って、父さんは神社の方の仕事で遠くに出かけていて、帰ってきていなかった。兼業の会社員の仕事の方はテレワークで、出張は禁止だけれど、神職としての仕事には休みはない。むしろ、ウイルスは清められないから、せめてよどみや汚《けが》れは祓って欲しい、と願うひとが多いようで、たまにはごっちゃにしてるひともいたりして、神主としての父さんの仕事は春から増えていた。

何となく勘が働いて、わたしはジャージ姿のまま寝ていたから、ほらやっぱり、と軽く舌打ちをして、暗い森を抜け、街へと石段と坂の道を降りていった。真上に昇る月と、ぽつぽつ立つ古い街灯の他は灯りのない道だけど、子どもの頃から猫たちと駆け回っていた道だ。目をつぶっていたって、降りてゆける。鵺子と虎子も音もなく付いてきた。心強い。

急ぎ足で息を切らして道を降りるにつれ、柔らかな灯りに包まれた風早の街が少しずつ近づいてくる。真夜中とはいえ、大きな街なので、灯りは無数に灯っている。ウイルスのせいで自粛モードの日々でも、街は静かに生きているのだ。

鎮守の神社の跡継ぎ候補として、眠る街を見ると、どうしても胸が熱くなる。これはわたしが守る街だ。守る責任のある街。子どものときから、そのつもりでいなさいと育てられてきた、わたしの街——。

ずっと昔に流行病《はやりやまい》から街を守ってくれず、幼稚園児だったわたしの願いを叶えてくれなかった神様のことを、わたしは信じていないけれど、それでもわたしは風早神社の、この街の巫女なのだ。代々街を守ってきた家のものとして、責任を受け継がなくては、と思う。

そしてわたしは、もうひとりの後継者候補である弟の透矢の気配を探す。しんとして冷たい春の真夜中の空気の中に、あの子の気配を探すのは、そう難しいことじゃない。

失《う》せ物を捜すことも、何かを占うことも、わたしはたぶんわりと得意だ。習わなくても、受け継いだ血の中に、その力がある。

透矢は港のそばにいるのだろう、と思う。

いつも捜しに行くたびに、あの子は海のそばで見つかるから。

　二匹の猫とともに、わたしは街外れへと向かう。少しだけ心強いのは、そちらには風早神社ゆかりの小さなほこらがあるからだった。

　ずっと昔、この街に悪い病が流行ったそのとき、治療するための薬を探して、港からひとり、小舟を操って旅立った、勇気ある若者がいた。海の彼方、その沖の海底にあるという人魚の国に病を治す薬があると話を聞いて海に出たのは、当時の風早神社の年若い宮司。いまの時代だとまだ少年と呼ばれるような年齢だったとか。わたしと透矢のご先祖様だ。

　お伽話みたいな話だけど、人魚の国なんてほんとうにあったのか。それともなかったのか。たぶん魔法のコンビニと同じで、なかったんだろう。

　若者は旅立ったまま帰らず、亡くなったものとされ、やがて風早の神様のひとりとして祭られた。神社の跡を継いだのは、若者の姉だった巫女で、以降の風早神社の守人は、巫女の血筋、その子孫にあたる。

　ほこらには、とても美しい若者だったというそのひとの絵姿が飾られていて、いまあるのは戦時中に焼けた本物の絵姿を複製したものなのだけれど、ハンサムな絵だった。笛を手にした姿で、楽器がとても上手だったとか。優しげな姿は、たとえば透矢が大きくなったらこんな風かなと思わせる、そんな絵だった。

街を守ってくれなかった風早三郎の代わりに、自分の手で薬を求めて旅立った、そのひとのことを思うとき、わたしは誇らしいような気持ちがするのだった。

わたしは風早三郎は信じないけれど、そのひとにならば祈りを捧げ、信じてもいいと思った。今日この時間、ほこらには灯りは灯っていないけれど、ご先祖様の絵ならいつだって思い出せた。だからいまも、そのひとの面影に祈った。

透矢を見つけられますように。

あの子が無事でいますように。


そして、わたしは港のそばの倉庫で、あの子を見つけた。

荷物を運ぶクレーンのそば、積み上げられた、ひとの背丈よりも高い、いくつもの大きな箱の上に、月の光に照らされて、透矢はぽつんと腰をおろしていた。

あんな高いところに、いったいどうやって、どこからのぼったというのだろう？

わたしが名を呼ぶと、弟は箱からどこか投げやりに、落ちるように降りてきた。

わたしが駆け寄ると、ぼろぼろと泣きながら、歯を食いしばり、悔しそうにいった。

「みつからない。みつからないんだ。ぼくは、あれをどこにやったろう。なにもかもおもいだしたとおもったけど、どうしても、おもいだせなくて」

「見つからないって何が？」

「たまてばこ」

しゃくりあげながら答える声は、夜風に紛れ、消えてしまいそうに小さかった。

大きな月が頭上に昇って、わたしと透矢、そして二匹の猫たちを照らしていた。薄青い光が辺りを包み込む。

港のそばのこの辺りは、風早の街の繁華街からは遠く、人家の灯りもなく、ただ海の波が波止に寄せる音だけが静かに満ちていた。

海から吹き寄せる冷たい風に吹かれながら、わたしの小さな弟は、悲しげに呟く。

「たまてばこ、みつからないの」

大きな目から、ぽろぽろと涙があふれてきて、月の光の中できらめきながら、丸い頬《ほお》にこぼれ、洋服に跳ねる。

泣きじゃくるようにしながら、透矢は言葉を続けた。

「あれからながいながいときがたったのは、わかってたの。でもさがせると、おもってた。いのちをかけて、たいせつにうめたから。だけど、かざはやのさとは、すっかりかわってしまって、みなとや、はまべのかたちもかわっていて、たまてばこをうめたところが、どうしてもわからないんだ」

ため息をつきながら語る言葉は、たどたどしいけれど、幼稚園児の小さな口からでるものとは思えないほどに、おとなびて聞こえた。

「ねえ、透矢」

わたしは潮の香りがする夜風の中で、身をかがめ、透矢に訊ねる。

「『玉手箱』ってなあに？　どこに埋めたっていうの？　それはいつのお話？」

「たまてばこは、おくりもの。おひめさまから、いただいたもの。うめたのは、はまべ。

じだいは、ずっとむかし」

「お姫様？　昔？」

「ぜんせ」

「えっ。ぜんせって、いわゆるその、前世？」

透矢は何も答えずに、うつむいていた。

目の前にいるのはたしかにわたしの弟なのに、知らない小さな男の子――いや、一瞬、わたしくらいの年の男の子のように見えて、わたしは目をこすった。高校生くらいの、目元の涼しい、神職の服を品良く着た男の子。一瞬で、かき消すみたいに、その幻は消えたけれど。

わたしはまばたきをして、もう一度目をこすった。

そばにいるのは、いつもどおりの幼い透矢で、目にいっぱい涙をためて、ちんまりとこちらを見上げている。

幻を見たんだ。きっと夜のせいだ。それか、綺麗すぎる、透き通った月の光のせい。

この子ったら、ほんとうにどうしてしまったんだろう。悪い夢でも見たのだろうか。

自分の考えたお話の世界にでも、紛れ込んでしまったのだろうか？

鵺子と虎子、二匹の猫が、薄闇の中、光る目をして、じいっと透矢を見上げていた。

（前世、なんて……）

あるのかな、そんなこと。

自分自身にはそんな記憶はないので、にわかには信じがたい気がする。

だけど透矢には――この子にはそれがあって、生まれる前の人生で、どこかの『お姫様』からもらった『玉手箱』なるものをこの街の浜辺のどこかに埋めて、今生《こんじょう》でなぜか、それを探し出そうとしている、ということなんだろうか。

（そんな小説やアニメみたいなこと）

でなければ、お伽話だ。浦島太郎だ。乙姫様は竜宮城のお姫様だったたし。たしか。

(空想の世界のことを、話してるのかな)

小さい子は、たまに、夢ともうつつともつかないことを話したりするものだ。

――とは思うけど、家業が神社で、呪いや魔物や幽霊あたりと遭遇《そうぐう》することも日常の身の上では、生まれ変わりだって似たようなカテゴリに属する存在だ(たぶん)。絶対にないといいきることはできない。

(父さんが遠出から帰ってきたら、相談してみよう。そういうの、詳しそうだし)

そう決心して、うなずいた。


透矢は肩を落として、小さな両方の手を握り、深く深く、ため息をついた。

「……おねえちゃん」

涙に濡れた目で、わたしの顔を見上げた。

悲しい、弱々しい声で、訊いた。

「たまてばこ、コンビニたそがれどうにいけば、みつかるかなあ?

かみさまなら、ずっとむかしになくしたたまてばこも、みつけてくれるのかなあ?」

肩と背中を揺らしてしゃくりあげる様子は、わたしのかわいい弟の透矢で。

玉手箱だとかお姫様だとか前世だとか、話していることが謎めいていて、全然わからなくても、見知らぬひとのように思えても、でもそれでもその子は、わたしのかわいい弟で。

「たそがれどうをさがせばいいのかなあ？」

神様が経営するという、魔法のコンビニエンスストアの存在と奇跡を信じている――そんなところも、やはりかわりなく、世界にひとりのわたしの小さな弟のように思えた。

「――だけどね、コンビニたそがれ堂は……」

わたしはいいかけて言葉を切り、ゆっくりと首を横に振った。

身をかがめ、笑顔を作る。

「もしコンビニたそがれ堂が、この街に在るのなら――そうだね。そこでは何でも見つかるのかも知れないね。神様も、もしそこにいらっしゃるのなら、『玉手箱』を、探してくださるのかも知れない。不思議な奇跡や魔法の力で、『玉手箱』は、たそがれ堂の棚に並んで、透矢を待ってるかも知れないね」

透矢の表情が、ぱあっと輝いた。

「たそがれどうに、いかなくちゃ。さがさなくちゃ」

元気にうなずいて、そういった透矢の言葉に、わたしもうなずくしかなかった。透矢の小さな熱い手が、わたしの手に触れ、ぎゅっと握る。そのまま引っ張るようにして、先に立って歩き出した。

迷わずに。暗い港を離れ、繁華街の方、空をぼんやりと灯りが照らしている方に向かって。

かくしてわたしは、いまではもう、その存在を信じていない魔法のコンビニを、透矢と一緒に探しに行くことになってしまった。

探したって、コンビニたそがれ堂は見つからないだろう。だって、あれはただのいつたえ、都市伝説のひとつだもの。

それがわかっていながらも、泣きじゃくる小さな弟に、優しい神様が経営する不思議なコンビニなんて存在しないのだといいきかせる気持ちにはなれなかった。

そんなことをしたら、繊細で傷つきやすいこの子の心が壊れてしまいそうな気がして。

だから、この子の気が済むまで、一緒に街を歩こうと思った。そのうち、諦めるだろう。いつもならもうとっくに布団に入っている時間なのだ。きっとそろそろ眠くなる。そしたら背負って帰ろう。正直いうと、わたし自身がそろそろ眠りたいのだ。透矢が見つかった、それでほっとしたのか、さっきから軽い眠気が差してきていた。

父さんがいない夜にこんなことになって、やはり気持ちが張り詰めていたんだろう。

（もう、夜も遅い時間だものなあ）

月を見上げてため息をつき、ぼんやりと考える。――そうか、あのお店はたしか、黄昏時から夜明けまでしか開いていないコンビニのはずだから、いまから探しに行くのが正解なのかも知れない。

いや、探しても見つからないだろうってわかってるけど。だって、ほんとうには存在しないお店だから。風早三郎がほんとうにはいない神様なのと同じように。

世の中には、魔物や呪いは存在しているのに、ひとを守ってくれる神様は存在しないのだ。もしかして世界のどこかにはいるのかも知れないけれど、そうならいいと夢見るけれど、少なくともこの街には神様なんていない。

わたしはそれを知っている。

わたしが小さな頃、母さんが話してくれた。

「この街の神様はね、ずっと街のひとたちのそばにいたいから、街の様子やみんなの暮らしを見守っていたいからって、こっそりと街でお店を開いてらっしゃるのよ」

あれはわたしがいくつのときだったろう？　あのお話を最初に聞いたのは。

「おみせ？　なんのおみせ？」

母さんが、楽しげにくすっと笑う。

「それがね、コンビニなのよ。コンビニたそがれ堂。世界中のどんなものでもきっと売っているお店。絶対にそこにあるはずがないものでも売っている、不思議で便利な、魔法のコンビニエンスストアなの。

神様は——コンビニの制服を着た、若い店長さんはね、銀色の長い髪に金色の目の、ハンサムなお兄さんの姿をして、明るい、楽しそうな声で、『いらっしゃいませ、お客様』って挨拶してくださるの。

たそがれ堂は、風早の街の、駅前商店街の外れの、その路地のどこかにある、魔法のコンビニなのよ。心の底から欲しいものや、探しているものがあるひとは、きっとそこにたどりつけるし、そのお店では、そのひとのために用意されたものが、そのひとがお店に来るのを待っているの」

それから、と、母さんは笑った。

「そのお店には、とびきり美味しいお稲荷さんと、熱々のおでんもあるのよ」

あのときのわたしは、いまの透矢くらい？

それとももっと小さかったかも知れない。そもそも最初にたそがれ堂の話を聞いたのは、赤ちゃんのとき、わたしが言葉を覚えて、話すことができるようになる前の時代だったかも知れない。母さんはわたしや、生まれたばかりの透矢のそばにいて、優しい声で話しかけるのが好きだったから。

そうしてわたしは、お伽話を、この街の地理や歴史やいろんなことを、母さんに教えてもらったのだ。気がつけばたくさんのことを、耳にささやきかけてもらっていた。五年前に死んだ母さんは、わたしたちのそばにもういないけれど、たくさんの言葉と声は、いまもわたしたちきょうだいの中にある。きっと永遠に忘れない。

不思議なコンビニたそがれ堂のお話は、そんな風にして記憶に宿った、この街の伝説のひとつだった。

小さかったわたしが笑って、

「かみさまがコンビニって、なんかへん。ほんとに、そんなおみせがあるの？」

そういうと、母さんはにっこり笑って、

「あるわよ。だって、母さん、大学生の頃に、たそがれ堂に行ったことあるもん」

「うそー」

「ほんとよ。心の底から叶えたい願いや、ほんとうに欲しくて探しているものがあれば、きっとたそがれ堂にたどりつくことができるの。母さんだってそうだったのよ」

いたずらっぽく笑って母さんが語ってくれた言葉と、まるで小説のようなお話は、その後何回も聴いたから、忘れない。

もう閉館した図書館で子どもの頃、何度か会話し、すれ違った、初恋のひとにもう一度会いたい。自分は病弱だから、あのひとに二度と会えないかも知れないから。

そんな母さんがたどりついたたそがれ堂で導かれるように買ったのは、街角の古く小さな私設のプラネタリウムのチケットだった。それを握りしめて出かけてみると、七夕の、ベガとアルタイルを映し出した、そのプラネタリウムは、他にお客さんのいない貸し切り状態。けれど、明るい声で解説などしながら、夜空を映し出すアルバイトをしていた学生さんが、まさに会いたかったそのひとで。実はそのひとの方も、母さんに会いたいと思っていて——後に結婚したそのひとこそ、わたしと透矢の父さんだった、という。

そのお話がほんとうなのか母さんの想像や作り物のお話なのかは、いまとなってはもうわからない——本と空想が好きだった母さんの考えたお話だったんじゃないかってわたしは思っているけれど。

だって、街の小さなプラネタリウムでの再会って、とてもロマンチックだけれど、母さんがチケットを買ったというお店は、ほんとうにたそがれ堂だったかどうかなんて、誰にもわからないからだ。

父さんは信じてたみたいだけど。いつも、うらやましいな、って笑ってた。

「ぼくはまだ、たそがれ堂にたどりついたことがないからね。風早三郎神社の宮司なのに。まあ、ふたり分の大切な願い事を、母さんが叶えてくれたってことかも知れないけどね」


子どもの頃のわたしは、母さんからコンビニたそがれ堂の話を聴くのが好きだった。不思議なことに、赤ちゃんだった透矢も、母さんが話すたそがれ堂のお話が好きだった。言葉なんて全然わからない、えへえへと笑ったりするくらいしかできなかった時代のはずなのに、たそがれ堂、という言葉を聴くだけでも、赤ちゃんの透矢は見るからに上機嫌になって、手と足をぶんぶん振ったりした。

そして透矢は、生まれてからほんの短い間しか、母さんの声を聴いていなかったはずなのに、その頃に母さんから聴いたお話の内容を、いまもなぜだか覚えている。

当然、たそがれ堂のお話も。

その店は、駅前商店街の外れの路地のどこかにあって、そこは神様の経営する魔法のコンビニで、世界中のどんなものでも売っているんだよ、なんてことを、ロボットやぬいぐるみたちとひとり遊びしながら、うたうように話していたりする。

「そのお話、どうして知ってるの？」

と、訊ねると、

「うーん、わかんない」

透矢は子犬が笑うような顔をして笑う。

そして、ぬいぐるみの頭をなでると、

「でも、むかしからしってるよ」

幼稚園児にとっての「昔」っていつなんだろうとは思う。

つまりは誰から聴いたお話なのか、そこまでは覚えていないのだろう。たくさんある母さんの絵や写真を、ときどき懐かしそうに見つめていたりするけれど、その絵や写真と「たそがれ堂のお話」が結びついたりはしていないようだった。


母さんは、お日様に長くあたりすぎても倒れてしまうくらい、からだが丈夫でなかった。子どもの頃からそうだったそうだ。神社のことをしていないときは、休み休み家のことをしたり、本を読んだり、居間のステレオで、代々の猫たちやわたしたち子どもと一緒に、音楽やラジオを聴いたりしていた。

　母さんは綺麗なものやかわいいものが好きだった。誰かに喜ばれることも。誰かの笑顔を見ることも。

　綺麗なお菓子や飲み物を作るのも好きで、わたしや遊びに来たわたしの友達や、それから、子どもの頃のお姉ちゃまたちにいろんな素敵なものを用意してくれた。白く細い指で魔法のようになんでも作って出してくれた。お姉ちゃまたちは、母さんにとても懐いていた。お姉ちゃまたちがいまもわたしと透矢をかわいがってくれるのは、あの頃の思い出があるから、ということもあると思う。

　多趣味な父さんは絵も写真も上手で、その時代の母さんとわたしたちの様子は、たくさんの絵と写真に残っている。母さんはその絵や写真の中で、いつも楽しそうで幸せそうだった。優しい視線で誰かを見て、柔らかな笑みを浮かべ、ときには笑い転げていた。

　子どもたちや猫とうたた寝をしている写真も、夏の夕暮れ、庭の草花に水をあげている写真もある。庭に舞う蛍《ほたる》と戯《たわむ》れている絵も。本を読みながら感動して涙ぐんだりしている写真もある。生まれたばかりの透矢を抱いて微笑む、聖母子みたいな絵も。父さんたら、うちは由緒《ゆいしょ》正しい神社で、ちょっと宗教が違うよ、と思うけど、わたしも好きな絵だった。

いまにして思えば、母さんが長く生きないだろうことを予感していた父さんが、母さんが地上からさよならしても、この家と神社に永遠に存在できるようにそうしたようにに思えないこともない。

母さんは、小柄で華奢で、透けるように色白で、眉毛がちょっと下がってるのがかわいくて、儚げにほっそりとして。長い髪のせいか美人だからなのか、マリア様でなければ、妖精とか天女とかかぐや姫とか、そんな感じのひとだった。

父さん似で、骨格がしっかりしていて、腕に筋肉、ウエストには肉、儚げな要素なんて皆無なわたしとはちょっと親子に見えない。授業参観で母さんが学校に来てくれる日は、いつだって自慢だった。わたしが小学校の二年生くらいの頃までは、母さんはまだ体力があって、なんとか学校に来てくれていたから。

わたしは授業参観のとき、何回も後ろの方を振り返って、母さんが他の保護者のひとたちといっしょにそこにいるのを確認して、にまにま笑っていた。手を挙げて発言もしたし、大きな声で朗読もした。そのときの気分を覚えている。

わたしの母さんは誰よりも綺麗で、優しくて素敵な、かぐや姫みたいなひとなんだって、得意で得意で、世界中に自慢したかった。

大好きなお母さんなんだよ、って。

日傘を差した母さんの白い手と手をつないで、道を歩くのが好きだった。あの頃のわたしは小さかったから、いつか大きくなって、母さんの代わりに日傘を差してあげられるようになりたいなって、夢見てた。そうしたらわたしの大切な母さんを、わずかだってお日様の光にさらしたりなんかしないんだ。

その後わたしはすくすく背が伸びて、いまは高校でも大きい方だ。三年生よりも背が高い。いまならきっと、華奢で小柄な母さんに日傘を差し掛けて、お日様から守ってあげることもできるだろう。

もう母さんは、この世界にいないけれど。

絵と写真と思い出だけを残して、どんなに手を伸ばしても、届かない世界に行ってしまった。

駅前中央商店街——通称、駅前商店街は、昔、昭和の時代の戦争があった後の、焼け跡にできた商店街だ。正確にいうと、戦前の賑わいを取り戻すべく、街のひとたちの頑張りで復活し、戦前よりもなお、繁栄した街、ということになると思う。

駅近くの、新旧ふたつの百貨店がある辺りを中心にいくつかの商店街があり、その中心の、いちばん古くて大きな商店街が、駅前商店街だ。それに連なる無数の路地や、いくつもの小さな商店街が、網目のように方々へ続いている。戦後の長い年月の間に、有機的にできたつながりなので、思わぬ場所から思わぬ場所へと抜ける、ちょっとした迷路のようになっているところもあったり。

わたしや、この街で育った子どもたちは、そんな路地を抜けたり、ひとの家の庭や街工場の敷地を駆け抜けたり、猫のように塀の上を伝い歩いたりと、探検を繰り返しながら、自分なりのショートカットを見出《みいだ》したりする。知っている道を教え合ったりもする。

人間は大きくなっていくうちに、少しずつ知らない場所が減っていくものだと思うけれど、でもこの街はやはりどこか不思議な街で、だからこそ、魔法のコンビニたそがれ堂の伝説が信じられたりもするのだろうとわたしは思う。古びた通りや建物の陰に、奇跡を起こすコンビニがひっそりと紛れて建っていそうな、そんな街並みなのだから。

そんな駅前商店街も、例のウイルスの流行以降、休業しているお店も多く、ゴーストタウンのようにひとけがなかった。

ましてや、いまは夜、ほとんど真夜中に近いような時間だ。それでもいつものこの街ならば、開いているお店もあり、ほろ酔いかげんで楽しげなお父さんやお姉さんたちの姿が見えたり、笑い声がきこえたりもするのだけれど、いまはほんとうに誰もいない。人間がみんな死に絶えた世界の情景のように。

街灯は灯り、百貨店やいくつかのお店のショーウインドウも灯りを灯してはいるけれど、誰も歩いていない街では、その灯りさえも、明るさより寂しさ、静けさを照らし出しているように見えた。その光景は、吹きすぎる冷たい夜風のせいか、暗く、寒々として、

(世界が終わるときの情景って、こんなななのかなあ)

なんて思わせた。

春なのに、真冬の、凍り付くような、明けない夜を歩いているような、そんな気持ちになったりもした。永遠にこの夜は明けないような気がする。――そうだ。世界はこのまま滅びてしまうんじゃないだろうか。

ウイルスから命を守ろうとする世界中のいろんなひとたちの試みも実を結ばず、生

きていこうとするひとたち——わたしたちの祈りも苦労も未来に届かないままで。
（だって、どうせ神様はいないのだもの）

子どもの頃、ひとりで街まで降りられるようになったわたしは、子猫だった鵺子と虎子をおともに、何度もコンビニたそがれ堂を探した。

駅前商店街の外れの方の、どこかの路地にあるという、そのお店を。

母さんのための薬が欲しかったんだ。

からだの弱い母さんが、日傘なんか差さなくても、青空の下を歩けるようになる薬。わたしと手をつないで、一日中お散歩しても、笑顔のままでいられるくらい、元気になれる薬。よその家みたいに、家族みんなで山や海に旅行に行けるくらい、元気になれる薬。

そんな薬、あるものかどうかわからなかったけれど、風早三郎は神様なんだし、きっとなんとかしてくれると思ってた。

心の底からその薬が欲しかったから、コンビニたそがれ堂は、絶対見つかると信じてた。

けれど。

どれだけ街を探しても、路地をどれほど歩いても、そのコンビニは見つからなくて。

どうしてもどうしても、見つからなくて。

そのうち母さんの具合は悪くなって、病院に入院している時間が増えていって。うちに帰れなくなって。

やがて、わたしは、諦めたんだ。

そのコンビニを探すことを。

神様に祈ることを。

母さんの魂がこの世を離れた、小学校五年生の頃には、もう完全に信じていなかった。

この街が優しい神様に守られているなんてお伽噺。

世界には邪悪な呪いや魔物や悪霊は存在していても、お伽話のような、優しい心温まる奇跡は存在していないのだ、といまのわたしは知っている。

(だから)

だからきっと、いつかは透矢も気づくだろう。わたしと同じことを知ることになるだろう。いつかは――もしかしたら、この夜のうちにでも、コンビニたそがれ堂なんて存在しないって、気づくことになるのだろう。

夜風に吹かれ、唇《くちびる》を結んで、わたしを引っ張るようにして歩き続ける透矢を見ると、胸の奥がちくりと痛んだ。

わたしはもういいけれど、この弟のために、魔法のコンビニが実在してくれていればいいのに、と思った。少しだけ、祈ったかも知れない。いないと知っている、この街の神様に。


静かな夜の街を、ふたりきりで歩く。

眠気のせいもあって、夢の中を歩いているような気持ちになってきた。

眠気覚ましも兼ねて、透矢に訊いてみることにした。

「ねえ、その『前世』で、透矢はどんなひとで、何をしていたの？　どこで、『お姫様』に出会ったの？　どうして『玉手箱』を埋めることになったの？」

そもそも、『玉手箱』とは何なのだろう。

さっきお姫様からもらったとかいってなかったっけ？

お姫様って誰よ？　――そのものずばり、竜宮城の乙姫様、なんてわけじゃないよね、まさか。

透矢の夢か妄想じゃないかとやはり思いつつ、つい、真剣に考えてしまう。

前を向いて歩きながら、透矢は答えた。

「ぼくは、おふねにのるのがすきだった。りょうしさんがくれた、ちいさなはやいふね。なみのおとと、うみのにおいがすきだった。それと、ふえをふくのがだいすきで、あねうえさまのことと、かざはやのさとが、だいすきだった。さとのあさとひるとよるがすきだった」

時代劇の中の台詞《せりふ》みたいだと思った。というか、たどたどしいとはいえ、やっぱりいつもの透矢には、こんな難しい言葉は話せないと思う。

透矢は商店街を抜け、いくつもの路地を、迷わずに歩いて行く。ときどき立ち止まり、でもすぐに、まるで風の匂いでわかるとでもいうように、小さくうなずいて、足を向ける方向を決めてゆく。

ふと、透矢が振り返る。頭上の月と街灯の光の下で、恥ずかしそうに笑って。

「ぼくは、とってもおくびょうで、しらないみちにあしをふみだすゆうきがなくて、こどものころからいつも、あねうえさまにてをひかれてあるいていた。こんなふうに」

懐かしそうに笑う。そして、唇を噛《か》みしめるようにして、涙を一筋こぼした。懐かしい、と呟いた。握る手に力がこもった。

「あねうえさまの、てを、とっているようで」

そんな表情、いままで見たことがなかった。優しくて繊細だけど、いつも元気で明るくて、つねに現在進行形みたいな――「いま」のことしか考えていないような幼稚園児なのに。朝食のバナナとピーナツバターとアーモンドスライスの甘いホットサンドや、コンビニのプリン、お気に入りの鍵盤ハーモニカのことで頭がいっぱいみたいな小さな子なのに。

透矢はまた前を向き、歩みを進める。いつしかたどりついた見知らぬ暗い路地へと、足を進めてゆく。急ぎ足で、少し、息を切らしながら。

「だからほんとうは、ひとりきり、うみにでるのはこわかった。だいじなもくてきのためだから、ゆうきをだして、こわくないといったけれど、じつのところは。

あねうえさまもしんぱいしてくださって、いっしょにいこうかといってくださったけど、でも、『みこ』だから。おやしろにいて、かみさまと、さとをまもってくださらないといけないから。ぼくらはふたりきりのきょうだいだったから。

だからぼくは、うみからのおつかいさまにみちびかれて、ひとりでふねにのった。さとに、はやっていた、わるいやまいのくすりをとりにいった。うみのなかの、にんぎょのくにに。うみのそこにある、りゅうぐうじょうに」

あれ？

わたしは首をかしげる。——実をいうと、さっきからどうも、知っている話のような、どこかで聞いたことがある話のような、そんな気がずっとしていて。

（笛が好きで、ひとりで舟に乗って旅立っていったって、それって、我が家のご先祖様の話じゃない？）

港のほこらに祭られている、昔、疫病の薬を求めてひとり舟で旅立って、そして、二度と帰ってこなかった、という。たぶん旅の途中で亡くなったから、と神様として祭られた、遠い昔の少年。

（もしかして、透矢は、そのご先祖様の生まれ変わりってことなの？）

いやいやまさか、と思った。

家族や誰かに聴いた、ご先祖様の話を、自分の前世のことみたいに思い込んじゃってるんじゃないのかなあ。

——と、思いたい。それにしては、いきなり語彙が増えてるのは、やっぱりおかしいと思うんだけど。

眠気のせいもあって、いまひとつ考えがまとまらなかった。ずっと夢の中にいるような気がする。

夜風は、海の匂いを孕《はら》んでいる。いつの間にか入り込んだ、細く薄暗い路地を、駆け抜けるように吹きすぎてゆく。わたしと透矢の髪や、猫たちの毛並みを揺らしながら。

この街をいつも包んでいる、塩辛いような、懐かしい海の香りの中で、前を向いたままの小さな透矢が通る声で呟く。

「にんぎょのくには、とてもきれいなくにだった。いつまでも、くらしていたいくらいに。かいていないのに、がらすのうつわにはいったようなみやこがあって、そこにはちじょうとおなじにくうきがあって、きれいなはながさき、ちょうがとんでいた。がらすのかべのむこうには、かいそうがゆれたり、さかなのむれがおよぐのがみえて、とってもすてきで、いつまでみていても、あきなかった。

おひめさまは、とてもきれいで、やさしいひとで、くすりをたまてばこにいれて、わたしてくれたの。ぼくは、すぐにさとにかえろうとおもった。でも、たちさりがたくって。おひめさまもさみしそうだった。いかないで、かえらないで、って、ひきとめられたの。にんぎょのくにには、はやりやまいはない、いくさがおきることもない、えいえんにおだやかにいきていける。ずっとここにいればいいのに、と。

『ここにいたら、としをとることも、しぬこともない。ずっとげんきで、しあわせなまま。きれいなものをみて、うたっておどって、わらっていきていけます』

それでぼくは、つい——ついなんにちか、そのまま、おひめさまのそばですごしてしまった。おひめさまがだいすきだといってくれた、ぼくのふえをふいてあげたりした。

ぼくは、はやりやまいや、いくさがこわかった。こわがりで、おくびょうだったから、ほんとうはいつだって、ちじょうでいきていくことがこわかった。しぬことが、こわかった。そのことにきづいてしまった。

だから、おひめさまのことばには、こころがゆれてしまった。それにおひめさまのことが、とてもすきになっていたから。

でも、あねうえさまやさとのみんなのことが、どうしてもおもいだされた。ぼくは、くすりをとりにきたのだもの。みんなのところに、かえらなくては。

きっとまた、このうみのそこにかえってくるって、やくそくをして、ぼくのかわりに、ぼくのだいじなふえをのこして、ぼくはかざはやのさとにかえろうとしたの。きたときとおなじに、うみのおつかいさまにみちびかれ、ちいさなふねでたびをして、すぐにぼくは、なつかしいかざはやのみなとにかえってきた。おつかいさまにおれいをいって、さよならをした」

でも――と、透矢の声が涙でかすれた。肩が落ち、深いため息をついた。

「でも、かえりついたさとには、だれもいなかったの。くさむらやあれちのなかに、おはかだけ、あちこちにのこっていたの。みんなしんでしまったのか、それともどこかにいってしまったのか、さとにはだれもいなかった。

かざはやのさとは、ほろびてしまっていた。ぼくがくすりをもってかえってくるよりも、たぶん、ずうっとまえに。

ぼくがかえってくるのが、おそすぎたんだ。きっとみんな、あねうえさまも、さとのみんなもぼくのかえりをまっていたのに。はやりやまいをおそれ、くるしみながら、にんぎょのくにのくすりをまっていたのに。ぼくをしんじて、まちながら、みんなしんでしまったんだと思った。ながいねんげつのあいだに。

ぼくがかいていいのにんぎょのくににいたのは、ほんのすうじつのことだとおもっていたのに、なんねんもののひびがすぎさっていたの。

だって、かんがえてみれば、ぼくがいたのは、りゅうぐうじょうだったんだもの。えほんでよんだよ。りゅうぐうじょうでは、ちじょうと、ときのながれるはやさがちがうんだ」

さみしそうな声で透矢はいった。うしろすがたの、ほおのあたりがふくらんで見えた。笑ったんだろうと思う。

きっと、さみしい笑顔で。

「ぼくね、りゅうぐうじょうにいたとき、すこしだけだけどね、このままさとにかえらずに、にんぎょのくににずっといたいとおもったの。かざはやのさとのことをわすれようとしたことがあったの。いっしゅん、だけど。

ばちがあたったんだね」

先を行く透矢と手をつなぎ、ひとけのない暗い路地を歩きながら、胸がどきどきとした。

そうだ、わたしは知っている。

遠い昔、人魚の国に薬を求めて旅立った若い宮司は、海から帰ってこなかった。待ちつづけた里のひとびとは、やがて薬の到来を諦めた。

風早の里のひとびとは、病が蔓延《まんえん》した地を離れて、空気が綺麗な山の上、妙音岳《みょうおんだけ》の上へと里を移したんだ。そして、いくらかの年月が過ぎ、流行病が自然と落ち着いた後に、ひとびとはまた海のそばの父祖の地に戻ってきた。

いまはもう老いた元巫女、海から帰らなかった若い宮司の姉に率いられて。

巫女だったひとは帰らなかった弟を思って、海のそばにほこらを建て、彼を神として祭った。

(もし、透矢のいうことがほんとうなら――)

巫女と里のひとびとが不在の間に、その弟は帰ってきたのだろうか。竜宮城での一日の滞在で地上での数年の日々が過ぎ去るというのなら、竜宮城の薬を得たあと、ほんの数日早く帰っていれば、故郷の地で、里のひとびとや、姉である巫女と再会できたんだろうか。

夜の風に乗って、透矢の細く幼い声が聞こえる。

「ぼくはとてもつかれてしまった。あんまりかなしくて、つらかったせいか、みるみるとしをとって、おじいさんになってしまった。

ぼくはひとりきりで、たまてばこのほかには、なにももっていなかった。このたまてばこをどうしよう、とおもった。にんぎょのおひめさまからもらった、たいせつな、まほうのくすりがはいったはこ。どんなびょうきでもなおすことができる、ふしぎなくすりがはいったはこ。

いまめのまえに、このくすりをつかってあげられるひとはいない。さとはもうない。けれど、きっとこのくすりがひつようなひとはどこかにいるから、そのひとをさがしにいこうとおもった。くすりをてわたせる、だれかを。

ひとりきりのたびは、こわいけれど、としとったからだは、かれきのようで、ちからがないけれど、でも、いかなくちゃ、とおもった。ひとりで、いかなくちゃって。

ただ、ほんとうにつかれていたから、すこしだけ、やすもうとおもった。それから、たびにでようって。

たまてばこは、とてもたいせつなものだし、おじいさんになったぼくにはおもかったから、はまべの、まつのきのねもとにうめたんだ。くすりがひつようなひとがみつかったら、すぐにここにもどってこようとおもって。

ぼくはそうして、たまてばこのうえ、まつのきのねもとでねむった。こんやみたいに、つきがきれいなよるだった。

ねむるまえに、ふえがあればよかったのに、っておもったんだよ。ふえがふきたかった。ぼくはせかいにひとりきりで、さみしかったから。――でもぼくのふえは、りゅうぐうじょうのにんぎょのおひめさまのところに、おいてきてしまっていた。

ぼくはめをとじて、そして、それきりしんでしまったんだ。とてもつかれていたから」

「……」

夢のような話だけれど、でも、細く幼い透矢の声は、一言一言が真摯《しんし》で、わたしの胸の奥にしみ通るようだった。

透矢は歩みを止め、ゆっくりとわたしを振り返った。月の光に照らし出された白い顔の、小さな唇が笑っていた。

「きがついたら、ぼくは、ここにいた。ここにまた、かえってきていた。

また、かざはやのさとにはたくさんのひとびとがすんでいて、みんなたのしそうで、でも、またわるいびょうきがはやってるんだね。また、くすりがなくてみんなこまってるんだね。――でもだいじょうぶ、くすりはあるよ。たまてばこさえ、みつかればいいんだ。こんどこそ、まにあうよ。さとのひとたちをすくえるんだ」


気がつくと、細い路地のまわり――路地を囲う古い木の塀や電信柱、電線の向こうに、遠く近く、大小の鳥居の、そのシルエットがたくさん並んでいた。

新しかったり古かったり、いろんな材質でできている無数の鳥居は、この街の守護の神、風早三郎に感謝するために、長い年月の間、街のひとびとから奉納されてきた、お礼の鳥居だ。

そう、わたしは知っている。この情景を知っている。うちにある古い写真で何度も見た景色だから。

（知っているけど、だけど……）

わたしは、月の光に照らされている鳥居の群れを見渡す。駅前商店街の外れの、古い路地の情景。この景色は、いまは見ることができないはずなのだ。だって――。

この鳥居の群れが立っていた辺りは、もともとの風早三郎神社とともに、昭和の戦争の終わりの頃に空襲で焼けてしまったのだから。

現実には、この辺りには商店街や市場、古い住宅地が広がっているはずなのだった。

（――ここって）

（ここって、何なの？）

さっきから、心臓が鼓動を速く打ち続けている。「ここ」はいったい何なんだろう。地上にあるはずのない、ここはいったい、「どこ」なんだろう？

答えがわかっていて、でもそれが認められない、認めたくない自分がいた。

いや違う。たぶん認めたいんだ。

信じたいんだ。

二匹の猫がどこか神妙な顔をして、しっぽを揺らしながら、わたしのそばで、辺りの情景を見回していた。

ふと、二匹で、前方遠く、同じ方向を向いて、ぴたりと石のように動きを止めた。

「鵺子、虎子、どうしたの？」

お日様の色の、灯籠《とうろう》のような灯りがそこにあった。

暗い路地の向こう、闇がわだかまっている場所に、そこだけ昼間のように明るい光が灯っていた。濡れて湿気《しけ》った石畳を照らすように、静かに輝いていた。

夢の中を歩くような、ふわふわした気持ちで、光に歩み寄った。

白い和紙に、黒や朱色で『コンビニたそがれ堂』と書かれた、つややかで達筆な文字と稲穂のマーク。子どもの頃に、母さんから聴いたお話そのままに、コンビニたそがれ堂の、お客様を迎えるために灯された、優しい光が、そこにあったのだ。

店を訪ねてくるお客様が迷わないように、と黄昏時に神様が灯すという、提灯《ちょうちん》のような光が。

「おねえちゃん」

同じ光を見つめて、透矢が呟く。

「コンビニたそがれどうなら、かみさまのまほうのコンビニならば、ぼくがなくしたたまてばこともめぐりあえるよね？　だって、せかいじゅうの、ありとあらゆるものをうっている、ふしぎでべんりなまほうのコンビニなんだもの」

素直にうなずくことはできなかった。

まだ、顔がこわばっていた。

だってわたしは子どもの頃、たそがれ堂に出会えなかったから。母さんの薬を求めて、何回も街に降りてきて、商店街や路地をさまよったのに、たどりつけなかったから。

（あのときの、わたしは——）

心の底から叶えたい願い事があったのに、たどりつくことができなかった。

だから、たそがれ堂なんて、この世界には存在しないのだろうと思ったのに。

（優しい神様なんて、この街にはいないと思っていたのに——）


けれど、いま。

暗い路地に置かれたお日様の光のような灯りの向こうには、『それ』があった。

母さんから聴いたとおりに、白い壁を朱色と金色に彩られた小さなコンビニが、大きな窓とガラスの扉から、明るく眩《まぶ》しい光をいっぱいに放って、静かに建っていたのだった。

真上に上がる月の光に照らされて、わたしと透矢を待っていた、というように。

たとえば、深い水の底から、明るい水面《みなも》を目指すように、きらきらとまばゆい方へと、浮き上がろうとするように、わたしは、その店の灯りの方へと足を進めた。

手をつないでいた小さな弟、透矢を半ば引っ張るようにして。

気が急《せ》いて、ほとんど駆け寄るようにして、コンビニたそがれ堂のガラスの扉に手を伸ばしたのは——心のどこかで、

（きっとこれは夢だ）

（いまに醒めてしまうに違いない）

そう思っていたからだと思う。

目が覚めてしまうその前に、と。


けれど、手が触れたガラスの扉は、消えてしまうこともなく、普通の——といういい方もどこかおかしいような気もするけれど——コンビニの扉のように、開いた。

わたしよりも半歩先にたそがれ堂にたどりついていた二匹の猫、鵺子と虎子がひょいひょいと跳ねるように、明るい店の中に駆け込んでゆく。

薄闇が満ちていた暗い路地から入り込むと、目が眩《くら》むように眩しく感じる店内に一歩足を踏み込んだ、そのとき、

「いらっしゃいませ、お客様」

よく通る若いお兄さんの声がした。

笑みを含んだ声がさらに投げかけられる。

「ここに来るまで、長くかかりましたね。少しだけ、待ちくたびれてしまいましたよ、沙也加さん」

初めて会うはずなのに、そのひとはわたしの名前を知っていた。

店の奥、レジカウンターの中に、昔、話に聴いたとおりのひとが立っている。

背中に流れる長い銀色の髪に、蜂蜜のようなつややかな光を放つ金色の瞳。絵のように整った頬と口元に浮かぶ、楽しげで優しい笑みと、すっきりと背の高い姿。

赤と白のしましまのコンビニの制服と制帽に、現実味の薄い見た目が、なぜかとてもしっくりきて見えるのは、そこは神様故の力業、というか、魔法なのかも知れない。

なんといっても、このひとの、風早三郎の本来の姿は年を経た白狐のはずなのだから。

た。

「ええと……」

いろんなことをいいたくて、でも、思いが胸にこみ上げてきて、言葉にならなかった。

そんなわたしのとなりに並び、透矢が丈高いそのひとに近づき見上げる。大きな目にいっぱいの涙をためていた。

わたしにそっと、ささやいた。

「おねえちゃん、ここはほんとうに、たそがれどうだねえ。かみさまのおみせは、ほんとうにこのまちにあって、ぼくたちは、たどりついたんだね」

「――何も泣いて感激することないじゃん」

つい笑ってしまう。身をかがめ、指で涙を拭いてやろうとすると、透矢は笑って、背伸びして、小さな手でわたしの顔を撫でた。

「おねえちゃんだって、ないてるじゃん」

泣き虫だね、と弟が笑う。わたしに見せてくれる、その指が濡れている。わたしは自分の手で頰に触れてみて、動転するほど驚いた。――泣いている。

一体いつの間に、涙がこぼれていたんだろう？

けれど涙に気づいた途端に、胸の奥から、波のようにたくさんの思いがこみ上げてきて、わたしはしばし泣いた。

その場で、立ち尽くして。

そんな風に泣いたのは多分、子どもの頃以来だったと、そう思う。

鵺子と虎子が、心配そうに、足下にまつわりつき、小さく鳴きながら見上げてきた。

「たそがれ堂はずっと、あなたを待っていましたよ」

優しい、日差しのような声で、神様はそういった。


透矢が、店長さんにお辞儀をした。

いつも父さんが神様に向けてそうするような、深い深いお辞儀だった。

「かざはやさぶろうさま、ながいながいとしつきをへて、こうしておあいできて、こうじんに、おもいます」

「わたしも嬉しいですよ。その節は、力になれず、大変申し訳ないことをいたしました。あんなに何度も祈りを捧げてくださったのに、わたしには何もできず。声は届いておりましたものを」

「いいえ。かみさまはおんみのできるかぎりのことを、わたくしどもにしてくださいました。かんしゃもうしあげるばかりです。

ときをへたいま、あとはわたくしが、あのときなしえなかった、つとめをはたそうとおもいます。

こたびこそは、きっと」

とぎれとぎれに、幼い口調でそういうと、透矢は顔を上げ、ぐるりと辺りを見回す。

「して、たまてばこ……たまてばこは、ここにあるのでしょうか。ぼくの――わたくしのなくした、あの、たいせつなたまてばこは」

小さな弟は、いつものコンビニで、お気に入りのお菓子や飲み物を探すようなようすで、店の中を歩いて行く。

「遠い昔、風早の浜辺の、松の木の根元にあなたが埋めた、あの玉手箱ですね。それなら、雑貨の辺りにあるんじゃないかと思いますよ」

笑顔で、さらりとそのひとが――たそがれ堂の店長の姿をした、この街の神様が答える。

とても楽しそうに。

(一種のお店屋さんごっこだよなあ)

わたしはもう泣き止んでいたけれど、洟《はな》をぐすぐすいわせながら、頭の奥で、妙に冷静にそんなことを考える。

鼓動がどきどきとうるさくて、胸元を押さえてしまう。

玉手箱はこのお店の棚にあるのだろうか。語り伝えにある通りに。この世界のありとあらゆるものがその店にはあり、絶対にあるはずがないものまでも、きっと棚に並んでいるという、昔母さんから聴いた話、そのままに。

だけど、そんなことがあるんだろうか？　ほんとうに？

「あった」

透矢が声を上げる。背伸びをし、高いところにある棚から、何か黒々とした大きな箱を引っ張り出して、頭上に掲《かか》げる。

こちらを振り返って、にっこり笑う。

「おねえちゃん、たまてばこ、あったよ」

駆け寄って、見せてくれたのは、つややかな漆《うるし》塗りの見事な箱。様々な色の貝殻や真珠や珊瑚《さんご》が埋め込まれた美しい箱に、時を経てもなお鮮やかな朱色の紐《ひも》がかかったものだった。

絵に描いたような玉手箱というか、昔絵本で見たような、というか、実際それは、玉手箱なのだった。それ以外の何ものにも見えなかった。

箱の中で、さらりとかすかな音がする。

この中には、薬が、どんな病気にも効くという、竜宮城の魔法の薬が入っているのだろう。前世の透矢がわずかの間に老いて亡くなった、その日のままに。きっと、その効き目も変わらずに。

だってこれは、竜宮城由来の本物の玉手箱で、薬は魔法の薬なのだから。

わたしはレジカウンターを振り返る。

店長さんはふんふんとうなずいて、レジの横にある銀色の什器《じゅうき》の蓋《ふた》を取り――湯気を立てるおでんの入っている四角い鍋《なべ》の様子を見る。

菜箸《さいばし》でつついている。よい香りがした。

店長さんはふと、その目を上げて、

「おや、もうひとり、遠くからのお客様がいらっしゃいましたね」

わたしたちは――わたしと透矢と猫たちは、店長さんがまなざしを向ける方を、店のガラスの扉を振り返る。

そこに、何かが薄ぼんやりと輝いていた。路地の薄暗がりの中に、丸く光る目がふたつ、じいっとこちらを覗き込んでいる。

小さくても、不思議な圧を感じる姿だった。薄ぼんやりと輝いているそれは、あの虹色の光を放つ鱗に覆われ、長い髪をした、子どものような背丈の小さな魔物――そう気づいた瞬間に、透矢がそちらに向けて駆けだした。

「おひさしぶりです、おつかいさま」

ガラスの扉を開き、それを店内に招き入れる。

光の中に立った小さな魔物は、それはそれは嬉しそうに、三本の足で透矢に駆け寄ろうとした。ふわりと磯の香が漂った。濡れた体から雫が落ちる。

『ああ、あなたにお会いしたくて、わたしは。風早の神様におすがりしようとお訪ねしたら、こんなにすぐにお会いできるなんて』

甲高い声で、さえずるように、早口で、魔物はいった。きらめく鱗のはえた細い手で、透矢の腕にすがるようにして。

小さな魔物は、ふとわたしを見ると、ぎょっとしたような、恐怖に怯えるような顔をしたけれど、すぐに透矢が、魔物をわたしに紹介するようにいった。

「おねえちゃん、このかたは、りゅうぐうじょうのおつかいさま。むかし、ぼくたちかざはやのさとのにんげんに、りゅうぐうじょうのおひめさまからのでんごんをつたえてくださって、そしてぜんせのぼくを、りゅうぐうじょうまであんないしてくださった、やさしい、たびのかみさまなの」

『そう、わたしは、優しい旅の神様で、竜宮城の使いです。悪い妖怪とかじゃないですから』

だから虐《いじ》めないで、と魔物は——いや違うのか、旅の神様は身を縮める。

『アマビエ、と申します。古くより、海と浜辺をさすらって、ひとの暮らしを見守り、また、予言のような言葉もたまに残したりしておりました。——だからあの、怖いことしないでください。わたしは人間のお友達といいますか、悪いことなんかほんとにまったく一切しませんよ』


「ここはひとつ、お茶の時間にでもしませんか？　うちの店、いーといんっていうんですか、お茶や食事もできますので。わたしも休憩時間にすることにします」

店長さんがカウンターから出てきて、てきぱきと辺りを片付け始めた。出入り口の近くに、小さなテーブルがあったのだけれど、その辺りに折りたたみの椅子やら小さなスツールやら木箱やらを並べて、「さ、どうぞ」と、わたしたちを楽しげにそこに座らせた。

「風早神社の子どもたちには、代々お世話になってますし、アマビエさんには昔にお世話になりました。たいしたものはありませんが、沙也加さんには熱いコーヒー、透矢くんには甘いホットミルク、アマビエさんには——そうですねえ」

　店長さんは顎《あご》に手を当てしばし考える。

「昆布茶《こぶちゃ》辺りにしてみましょうか？　少し冷まして」

　アマビエは、こくりとうなずいた。


　桜の花が描かれた綺麗な器で出されたコーヒーは、熱くて、とても良い香りがした。ふわりとたちのぼる湯気が鼻をくすぐる。眠かったからだに、コーヒーは染みこむように美味しかった。

　そうして初めて、自分が、どれほど疲れていて、怖くて、眠かったかということを思いだした。

　それは透矢も同じだったのだろう。玉手箱をぎゅっと抱きしめて、木箱に座ったまま、放心したような表情になっていた。さっきまでの元気は消え失せて、まるで張り詰めていた糸がぷっつりと切れたみたいだった。テーブルの上で、ひとくちだけ飲んだ、甘い匂いを立てるホットミルクが少しずつ冷えてゆく。この子の大好きな飲み物なのに。

　木箱の、その隣に、アマビエが心配そうな表情をして寄り添い、腰かけていた。水かきのある手に何か潮の香りのする、きらきらとした細長い包みを持っていて、たまにそちらに視線を向けながら、透矢に何か話しかけようとしているように見えた。背が低いので、鱗がきらめく三本の足が、ふわふわと床から浮いている。足下にできた水たまりに長い髪やその足からたまに小さな雫が落ちていた。

「ええと、その、アマビエさん——じゃない、アマビエ様」

わたしは話しかけた。

「あなたがわたしの弟の前世の知り合いで、どうやら竜宮城に連れて行ってくださったらしい、ということはわかったのですが、どうして先日、うちの神社にいらっしゃったのですか？」

『旅の途中、海鳥の知らせを受けて、久方ぶりに呼ばれ訪れた、海の彼方《かなた》の竜宮城で、海神のお姫様より、託された品とお言葉がありまして——』

包みを抱え、膝の上にちょこんと手を置いて、アマビエはくちばしのように尖った口を開いた。わたしの方に向き直り、見上げる。

そしてアマビエはひとつうなずくと、膝の上で、大切そうに包みを開いた。

それは、たぶん海藻で作られた布で丹念にくるまれたもので、外側は濡れていたけれど、幾重にもくるまれたその中に入っていたものは、わずかも濡れていなかった。

そこにあったのは、玉手箱と同じ、漆黒の艶を持ち、貝殻や真珠、珊瑚の螺鈿《らでん》で飾られた、美しい横笛だった。

アマビエは高く細い声で、うたうように語った。

『人魚である姫様は、古い神の一族の、その裔《すえ》でありますので、神故のその力で、かつて竜宮城を訪れ、のちにこの世を去った風早の若者がまた地上に生を受けたことに気づかれました。再来した若者は、遠い日にその手から離れた玉手箱を必要とされるだろうとおっしゃいまして。わたしアマビエは、姫様の長年の友として、自らの行いへの詫《わ》びの言葉とともにこの笛を手渡し、できれば時の彼方に失われた玉手箱を探す手伝いをして欲しい、とその想いを託されたのでございます』

「詫びの言葉……？」

アマビエの膝の上で、漆黒の笛は、貝殻と真珠、珊瑚を虹色に輝かせていた。

アマビエは、その笛に視線を落とし、

『昔々、竜宮城を訪れた若者を地上のひとの世界に帰そうとせず、海底の、自らのそばに残って欲しいと願ったことを、姫様はずっと悔やまれていたのです。その結果、若者は故郷を失くし、ひとりで死なねばならなくなった——神の力でそのことを知り、悔いていたのです。自分は努々《ゆめゆめ》願ってはいけないことを願ってしまったのだ、と。

時がゆっくりと流れ、自らもその身に年を重ねることのない姫様は、かつて若者と別れた日から長い年月を、涙と後悔の繰り返しの中で過ごされていました。若者が残していった笛にただ想いを語られる日々だったそうで。

しかし、また若者が蘇るだろうと気づいたとき、若者がそのとき何を望むのか悟ったとき、姫様は、地上の世界へと再び助けの手を伸べることをお考えになったのです。今度こそは、若者の、地上のひとの子の願いを叶えようと。

そうすることが、かつての自らの罪を、わずかでも償うことになるのではないか、と、おっしゃいました。

姫様はいまも、古《いにしえ》と変わらないお姿、変わらないお心で、あの日の若者のことを想い、この地のひとびとの幸せを祈っていらっしゃいます。人魚は――海の神々は、長く生きますので。

心から詫びていたと、ひきとめてはいけないひとをひきとめてしまったのだと、後悔していたと、そのことを伝えて欲しいと。せめてものお詫びの証《あか》しに、遠い日に譲られた笛の代わりに、この笛を渡して欲しい、と』

陸の上に上がりたくとも、海神は人里を訪れてはいけないさだめ、それゆえわたしが言葉と笛を託されて参りました、と、アマビエは頭を下げる。

自らの入れたコーヒーを味わうようにしながら、店長さん、風早三郎がしみじみといった。

「海の中に暮らすあのひとたちは、昔から、ひとの子をいつも見守っているんですよ。遠い海の彼方から。陸の上へは上がれないさだめがあるので、だからこそ、よりいっそう、ひとの暮らしに憧れるところもあるのでしょう。

だからこそ、かつてこの地にひどい病が流行ったときに、看過することができず、貴重な薬を渡そうとして、旅の神アマビエを使者に助けの手を伸べてくださったのでしょうね」

「あのう」

ついわたしは訊いてしまった。片方の手をちょいとあげて。昔から知りたかったことを。

「その昔に、ひどい病が流行ったときに、神様は――風早三郎様は、一体なにを、どこでなにをなさってたんですか？」

ずばり言葉にしてしまったのは、やはりとても疲れていたからだと思う。言葉を耳にしてから、なんかストレートにすごいこと訊いちゃった、と、自分で驚き、手で口元を押さえてしまった。

「臥《ふ》せってました」

神様はにこやかに、そして申し訳なさそうに、微笑んだ。

「あの頃はまだ神様になりたてだったもので、里の皆様といっしょに、流行病に負けて、社で臥せっていたんですよ」

テレビゲームでいうと、レベルが低かったって感じでしょうか、と神様は笑う。その辺わたし、疎いのですが、と付け加えて。

「まだまだレベルの低い神様だったので、恐ろしい病から里の皆様を守ろうとして、力を使い果たしてしまったんですよね。不死の身のはずが、あのときは死にかけました。ゲームオーバーっていうんですか、ははは」

神様のゲームに関する知識は少しだけ古い。最近のわたしたちは、テレビゲームなんて言葉は使わない。でもまあ、そんなことはどうでもいい。それよりも——。

「『神様になりたて』？」

ああそうか。ゆっくりとわたしは思い返す。お伽話を聴くように、昔、母さんから聴いたことがある。風早三郎神社の神は、その最初から神だったわけではない、と。

もとはただの野の狐。美しい白狐の姿故、里のひとびとに神様と拝まれ、敬愛されることを申し訳なく思いながら日々を暮らしていた、と。自らに何の力もないのに神として敬われることを、心苦しく思っていた、と。

ついにある日、一念発起して、京都の伏見《ふしみ》稲荷大社に赴き、厳しい修行の末、本物の神となって帰ってきたのだとかなんとか。

「あまりに多くのひとの子の哀しみと絶望は、神の身で受けるには時に辛いのです。ましてや若い神には。ひとがたくさん亡くなり、涙が流れると、あたかも涙の海に溺れるように浮かび上がれなくなる。流行病も、それから長く続く戦も、神の身と心を痛めるもので――それは神の力を以《もっ》てしても、すぐに癒《い》やされるものではないのです。なので、わたしはあのとき、助力を申し出てくれた海の神の力を頼り、望みをかけました。のちに、妙音岳の山の神の助けも借りて、大切なひとの子たちを預けることもしました」

ああ、それで風早の民は、一時期山の上で暮らしていたのか、とわたしは納得する。当時の里のひとびと――先祖たちは山の神様に預けられたのだ。

お伽話みたいですね、と、ついわたしは呟いてしまう。

「そうですね」

神様はそういって微笑んだ。

この世界には街を守る神様がいて、海には海の神様がいて、旅する神様もいて。そして山にも神様がいるとしたら――わたしたちはなんてたくさんのお伽話に包まれているのだろうと思う。

お伽話の中の登場人物そのものの姿をしたアマビエが、玉手箱を抱きかかえた透矢を見て、ほっとしたように、ため息をつく。

『風早三郎様のお導きで、こうして玉手箱はこの方のところに戻りました。笛も届けましたし、ああ、ほんとうによかった。

竜宮城の姫様も喜ばれることでしょう』

竜宮城の、海の神の、人魚の姫の、と言葉でだけ聞かされても、わたしにはほんとうはいまひとつその姫君の姿がわからない。この目で見たわけではないから。朧《おぼろ》げな幻みたいなものしか想像できはしない。

ただ、ふと小さい頃絵本や紙芝居で見た、竜宮城の様子、そして、アンデルセンの人魚姫のお話を連想したりした。

海底にある、時が止まったガラスの城の中に住む人魚の姿のお姫様は、地上の世界に憧れたり、その暮らしを想像したりしたのだろうか、と。

自分は行けない陸地の上のひとの子の暮らしに憧れたり、夢見たりもしたのかな、と。

変わらずに美しい、もしかしたら永遠に年をとることのない、そんな姿で。

里のひとびとの命を救うために、はるばる水底の世界へと降りてきた、美しい若者と出会ったとき——言葉を交わしあい、美しい笛の音を聞いたとき——夢見るように恋してしまったのは仕方のないことだったのかも知れない。

「ああ、そろそろ魔法も終わりの時間ですよ」

優しい声で、神様がいった。

コンビニたそがれ堂のガラスの扉と窓の外の空が、淡く明るい色に染まりつつあった。

いつの間に、そんなに時間がたっていたのだろう。夜明けがもう、近づいてきているのだ。

コンビニたそがれ堂は、黄昏時に開く、魔法のお店。朝になれば、閉まってしまう。

玉手箱を抱きしめて、放そうとしない透矢を立ちあがらせ、ひじのあたりを引いて、わたしは猫たちとともに、神社に帰ることにした。アマビエも付いてくるという。

店のレジカウンターの中で、にこにこと笑う風早三郎は、

「ありがとうございました」

と、わたしたちに声をかける。

「またのご来店をお待ちしております」


さっぱりと明るい笑顔を向けられて、つい、ありがとうございます、とこちらも笑顔で頭を下げて、流れで店を出てしまった。

まだ訊きたいことがあったんだけどなあ、と、思いながら、そのまま数歩、路地を歩き、来た方をふと振り返ると、そこはまだ夜の気配を残しつつも、夜明けの気配に包まれつつある、古くて細い路地。ありふれた、どこにでもあるような、建物の隙間に続く路地で。

そのどこにも、あの、明るい光を放っていたコンビニの姿は、見えなかった。

軽く息をついて、辺りを見回してみても、ここに来るときに見えた、あの鳥居《とりい》の群れが空を背景に並んでいる、怪しい景色はどこにも見えない。あの、ほんとうはもう存在しないはずの、昭和の時代に空襲で焼けてしまったはずの、失われた街の情景は視界のどこにも存在しない。

「——ああ、帰ってきちゃったんだなあ」

魔法と奇跡の世界から。

当たり前の日常に。

お伽話の息づいている、不思議な空間から、ほんの数歩で出てきてしまった。

「夢みたい。いままで、夢を見ていたような」

呟いて、また歩き出した。

たそがれ堂があった方に背を向けて。

少しずつ、繁華街と、その上にそびえる、官公庁のあるビル街の影が近づいてくる。

そちらに流れる道路からは、走り始めた車たちの音が遠く近く、響いてくる。

朝が近いのだ。また一日が始まる。

少しずつ明るくなってゆく空に見守られるようにしながら、家に――いつもの暮らしに向かって、足を進める。

いままでのことが、夢でない証拠に、傍らを歩く透矢の腕の中には玉手箱があり、わたしの腕には、竜宮城から来た美しい笛がある。何より、わたしたちのそばをつかず離れず、海の匂いをさせながら、濡れた三本足の楽しげな足取りで歩く、アマビエがいる。

「――コンビニたそがれ堂、また行ける日が来るのかなあ」

つい、そう呟いてしまう。

だって、あの店は、たどりつくのがとても難しいところだから。

心の底から探しているものがあれば、たどりつけると聞いていたけれど、子どもの頃、母さんにあげる薬を探していたわたしは、たそがれ堂にたどりつくことができなかった。

さっきから、じくじくと静かに胸の奥が痛んでいた。それはどこか、焦燥《しょうそう》に似た痛みで——もし昔、たそがれ堂にたどりつくことができていたなら、もしかしたら母さんの病気は治っていて、いまも母さんが元気に生きている未来を、わたしたち一家は生きていたのかも知れない、という、そんな想いだった。

わたしはなぜ、あの頃、コンビニたそがれ堂にたどりつくことができなかったんだろう。

あの頃のわたしが母さんを想っていた、助けたいと願っていた、その想いは奇跡を起こすには足りなかったんだろうか……？

「わたし、どうして、子どもの頃に、たそがれ堂に行けなかったのかなあ」

悪い子だったから、だろうか。

ふとそんなことを思った。いつだっていい子であろうと思ってきたけれど、指を折って数えるほどには、悪いことをしてきた自覚もあったりして。
足下から、鈴を鳴らすような、愛らしい声がした。
『さやちゃん、さやちゃん』
『ねえ、さやちゃん』
鵺子と虎子が、わたしを見上げて、小さな口を開けて、話しかけていたのだ。
人間の言葉で。
「えっ、ちょっとあんたたち、喋れたの？」
鵺子と虎子は、得意そうに胸を張る。
『喋れるわよ。だって、あたしたちは、神社にお仕えする猫ですもの』
『まあこれくらい軽いものよね。知らなかったの？』
「――し、知らなかった」
軽やかに路地を歩きながら、くすくす、と猫たちは笑う。
『まあ、特別なことっていうか』
『そうね、滅多にひとの言葉じゃ口きかないけれど。
でも、いまだけは特別に話してあげる。さやちゃん、すごく落ち込んでるみたいだから』

「……」

猫たちは、まるでお姉さんのような表情になって、かわいい声で、優しく、人間の言葉を口にした。

『あのね、さやちゃん。さやちゃんが子どもの頃、たそがれ堂にたどりつけなかったのは、さやちゃんのせいじゃないから』

『そう。少しも悪くない』

『ましてや、お母さんへの想いが足りなかったからとか、そんなことは全然ない』

「――ほんとう？」

『あたりまえじゃない』

猫たちは髭《ひげ》を震わせて、叫んだ。

『想いや願いだけの力で、たそがれ堂にたどりつけるのなら、さやちゃんがたそがれ堂にたどりつけないはずがないじゃない？

さやちゃんはあんなに、お母さんを助けたいと思っていたんだもの』

『さやちゃんは、お母さんのことが大好きだったんだもの』

『あたしたちは知ってるよ』

『ずっと一緒にいたんだもの』

『小さい頃から、ずっと』

そうだね、とわたしは微笑む。

わたしたちはずっと一緒にいたんだものね。

「じゃあどうして、今日までたそがれ堂にたどりつけなかったんだろう……」

それはね、と、猫たちが互いに視線を交わしあい、考え考え話してくれた。

『あたしたちは猫だから、うまく説明できるかどうかわからないけど、魔法っていつどんなときでも働くものじゃない気がするの。

どんなに願っても、たそがれ堂に行けないときも、きっとあるのよ』

『魔法には、魔法が働くたいみんぐがあるんじゃないかな。波が寄せてくるように、ふわふわさらさらって、近づいてくる感じっていうのかな。その波に上手に乗れば、奇跡を捕まえることができるの、たぶんね』

『そうそう。たぶん人間だけじゃなく、神様にも、そのたいみんぐは決められない』

『どうしてかはわからないけど、さやちゃんがたそがれ堂に行けるのは、魔法の扉が開くたいみんぐは、今日だったの』

あのね、と、猫たちは並んでわたしの顔を見上げる。

『子どもの頃にね、一度だけ、さやちゃんはたそがれ堂に通じる路地の、すぐそばまでたどりついたことがあるの』

『さやちゃんは気がつかなかったと思うけど』

『あたしたちは猫だから、それがわかったけど、さやちゃんは気づかなかったのね』

気づかなかった。

驚いて、小さくうなずくと、鵺子と虎子も、うんうん、とうなずいて、言葉を続けた。

『あれは春の夕方だった。あたしたちは、ああ、これはいよいよたそがれ堂に行くんだって、うきうきして、わくわくしてたんだけど――』

『あと一歩、角を曲がればその路地に行けるっていうそのときに、さやちゃんは立ち止まったの。巣から落ちたつばめの雛がぴいぴい鳴いてるのを見つけたのね』

『そんなのほっておけばいいのに、さやちゃんは、かわいそうだ、おうちに帰りたいだろう、って、つばめの巣を探し始めてさ。仕方ない、あたしたちも手伝って、巣を見つけて、雛を返してあげたんだけど』

『それで、たいみんぐがずれちゃってね、さやちゃんは、その日、たそがれ堂にたどりつけなかったの』

『つばめなんて、あたしたち好きじゃないし』

『うるさく飛び回るのに、妙に速くて捕まらないから、いらいらする奴らだしね』

『電線に並んで留まってるところも、見てると腹が立つし』

『あんな雛のことなんて、ほっておけばよかったのに、と、思ったわ』

ふう、と猫たちはため息をつく。

『あのとき、ほんとうにお店の近くまで行っていたのよ。あたしたちは猫だから、たそがれ堂への道はわかるのだもの』

『あたしたち一生懸命、それを教えようとしたのに、さやちゃんたら、わかってくれなくて。にこにこして、今日はもう帰ろうかって。でもあたしたちも子猫だったから、うまく説明もできなくて、猫の言葉で、にゃーにゃー鳴くだけで』

『今度あの路地に行くときがあれば、次こそはたそがれ堂につれていこうって、あたしたち、約束したのよ。でも、あれきり二度と、さやちゃんはあの路地にたどりつくことはなかったの。そのうちに、さやちゃんは、魔法や神様を信じることをやめてしまった』

「そっか」

わたしは少しだけ、笑った。

子どもの頃にも、すぐそばに、魔法の世界への扉は開いていたのか。気がつかないうちに。

惜しかったけど——とてつもなく、惜しかった、悔しい、と思ったけれど、同時に、心の中の何かが救われたような気がしていた。

『あのね、さやちゃんが知らないことで、もうひとつ、これはどうでもいいようなことがあるんだけど』

『うん、あるんだけど』

猫たちは、視線を交わし合う。

『あのとき、さやちゃんが助けたつばめの雛ね。その後無事に成長して、南の国に帰っていったの。そしてまたこの街に帰ってきて、巣を作ってね。雛たちに、昔、この街の路地で優しい人間に助けられたって話をしながら育てたの。そしてまた南の国に、子どもたちを連れて帰っていって』

『何回も何回もそれを繰り返して』

『いまも、この街に帰ってくるつばめたちは、この街には優しい人間がいるって、さえずりながら子育てをしてるの。たくさんに増えた、あのときのつばめの子孫たちがね』

猫たちは、ふう、とため息をつく。

『こんなこと今更知ったって、さやちゃんにはだからどうしたの、って話かも知れないけど。この街のつばめたちが電線でさえずる声、その歌の中でもずっと、あの日さやちゃんが雛を救ったことは伝説みたいにうたわれてるのよ』

『さやちゃん、つばめたちの英雄だから』

『いっそ、救いの女神様くらいの勢いだから』

なんだか楽しくて、嬉しくて、わたしは笑った。そうか、と思った。

わたしは春が来るごとに、わたしを称える小さな歌に包まれながら暮らしていたんだ、と。

そんなかわいらしいお伽話が、春がめぐって来るごとに、わたしのまわりに繰り広げられていたんだなあ、と。

繁華街を通り過ぎ、神社に向かう坂道と石段を登るうちに、透矢のまなざしや口元に力が戻ってきた。

いまはまた、わたしの先に立つようにして、神社に向かう道を行く。

神社の境内《けいだい》にたどりつく頃には、お日様が地平線の上に顔をのぞかせていて、眼下の風早の街はそれに照らされ、春の朝が静かに、まるで光の波が音もなく広がって行くように、訪れようとしていた。

境内を朝の風が、吹きすぎて行く。

桜の木の枝や葉が鳴る。

風に包まれながら、透矢は玉手箱の紐を引き、蓋を開けた。

その中には、きらきらと輝く、まるでガラスの粉のようなものがいっぱいに入っていて、それはかすかな海の匂いをさせながら、風に乗り、空へと広がって行った。

それを見届けるように、透矢は空を見上げ、首をそらして、はるか遠くまで視線をめぐらせるようにすると、わたしたちを振り返り、にこ、と笑った。

海の匂いは——魔法の薬は、こうして風に溶け、街に漂う空気から邪《よこしま》なものをとりさるのだろうか、と思った。

これはそういう、魔法なのかと。

かすかにきらめく魔法の風に包まれて、わたしは祈った。

どうか、この海の魔法が、たくさんのひとを救いますように。

『魔法のたいみんぐ』が合いますように。

人知れず、見えない魔法のお伽話が、この街の——世界のたくさんのひとびとを救いますように、と。

そして旅の神様アマビエは、父さんやお姉ちゃまたちに会ってのち、また海へと帰っていった。アマビエの絵姿はお守りになると、昨今は話題だとお姉ちゃまたちがいうので、うちの神社でも御朱印帳にアマビエの絵を描くことになった。お姉ちゃまたちは絵がうまい。そして、何しろ本物のアマビエ様がモデルだから、なかなかリアル感のあるアマビエの絵になった。街やＳＮＳではちょっと噂になっている。

鵺子と虎子は、あれきり、人間の言葉を話してくれない。こちらから話しかけても、にゃーにゃーとしか答えない。やはりあれは、特別なことだったのかも知れない。

透矢は、玉手箱を開けたあの日以来、また元通りの無邪気な幼稚園児に戻ってしまった。もうおとなびた言葉で語ることはない。

ただ、竜宮城の笛はとても大切にしている。笛を手にして見つめているときは、玉手箱を探していた日々のあの子がそうだったような、おとなびたまなざしに戻ることもあるのだった。

言葉にしては語らないけれど、透矢の心の中には、もしかしたらいまも、ご先祖様の魂が息づいていて、いつか——いつかあの子が大きくなった日に、遠い海の底の世界に住む竜宮城のお姫様に、会いに行くこともあるのかも知れない。お伽話のように。

透矢が空に放った魔法の薬が効いたかどうかは、それはまだわからない。

まだ未来はどうなるかわからない。

けれど、わたしは世界は思っていたよりもお伽話でいっぱいだと知っているし、この街には趣味でコンビニを経営している、優しい神様が住んでいる、ということも知っている。


空にはつばめが帰ってきて、電線の上から、上機嫌で歌をうたう声が聞こえる。

わたしを称える歌なのか、と思うと、ちょっと照れくさい気もするけれど、まあ、悪い気はしないよね、と、わたしは笑う。

空を見上げて。

星へ飛ぶ翼

子どもの頃、恐竜が好きだった。

大好きだったといってもいい。

だって恐竜って、すごくファンタジーっぽいというか、魔法っぽいっていうのかな。物語に出てくるドラゴンのようで。

大きくて、強くて、首が長かったり、鳥みたいだったり、魚みたいだったり、いろんな種類が存在していて。

ひとことでいうと、かっこいい。かっこいいって、子どもには何より大事なことだったりするので、恐竜が好きな子どもって、いまも昔も多いかも知れない。

新しい研究では小鳥のように色とりどりの羽毛に覆われているものもいたらしい、ってわかったとか、そういうところもかっこいいなあ、と、子どもの頃のわたしは思ってた。

巨大な羊歯《シダ》が生い茂る世界で、恐竜たちは地響きを立てて歩いたり、水辺で草を食《は》んだり、翼竜《よくりゅう》は翼を広げて風に乗り、大空をグライダーみたいに滑空《かっくう》したんだろうか、なんて、子ども向けの恐竜の本を見ながら想像していた。

その頃の太陽系は、銀河系宇宙の、いまとは違う辺りを回っていたので、夜空もいまとは見え方が違ったらしい。ということはきっと星座の形もいま見えるものとは違っていて、天の川なんかも違う場所に流れていて、そんな夜空の下で、恐竜たちは眠ったのだ。

わたしたち人類は、恐竜の時代の末期に登場した、ねずみみたいな姿の哺乳類の末《まつ》裔《えい》らしいので、わたしたちの直接のご先祖様——霊長目ヒト科の人類は、その後絶滅した恐竜たちと一緒に地上で暮らすことはなかったということになる。

そう思うと、少しだけ寂しい。

地上に繁栄していた恐竜たちは、白亜紀《はくあき》の終わりに地上に降った巨大な隕石《いんせき》がきっかけで起きた天変地異が原因で絶滅したという。

隕石は燃えながら大地に衝突した。地上にひどい火事を起こし、炎の波は地表を焼き尽くした。緑濃い植物が茂っていた森も草原も焼き尽くされ、そこに暮らしていた恐竜たちはもちろん死んでしまったし、生き延びた恐竜も、食べるものがなくなって飢《う》えて死んだのだ。

衝突のショックで、大地震も起きた。津波も起き、そこに棲んでいた恐竜たちを始めとする海の生きものたちが犠牲になった。

やっと生き延びた恐竜たちを、気温の変動が襲った。大気に満ちた粉塵《ふんじん》の欠片《かけら》が太陽の光が地上に届くのを妨《さまた》げ、地上の気温が下がっていったのだという。

自分が寒いのが苦手だから、というのもあるけれど、恐竜たちは寒かっただろうなと思うと、子どもの頃も、そしていまも、凍えるような気持ちになる。

なぜ地上が寒くなったのかわからない恐竜たちは、寒さに凍え、食べ物を探してもどこにもなく、おなかがすいて体力が尽きて、やがて滅びていったんだろうなあ、なんて想像すると切なくなる。

恐竜はその時代の最後の頃にはずいぶん進化して、親が卵を守ったり、群れを作ったりしていた、なんて話もあるので、いま地球にいる哺乳類たちが我が子を守り慈《いつく》しむように、自らの卵を守ろうとしていた恐竜たちが、寒さの中倒れていったのかなんて想像すると、大きくなったいまでも涙ぐんでしまう。

そもそも、明日もあさってもいまと同じ暮らしが続くと思っていただろう生きものたちが、そうできなくなる姿がとてつもなく悲しく思えるのは――わたしたちの世代だと子どもの頃から地震や水害や、いくつもの天災に遭遇して、いきなり非日常に巻き込まれることに、悲しくも慣れているから、なのかも知れない。日常の儚さを知っているから。

そして、孵らないままで時を越えた恐竜の卵の化石を見ると胸が詰まるような思いがするのは、わたしが子どもの頃に母さんと死に別れているからかも知れないなあ、なんて思う。

卵を残した恐竜のお母さんはどこにいったのだろう。遠い昔に卵が孵る前に死んでしまったのか。もしかして、卵のそばで息絶えて、自分も化石になったのだろうか。


人類の祖先は――ねずみのような姿をした生きものは、その小さな体とすばしこさを生かして生き延び、その後長い長い時間をかけて進化して、人類になっていったわけだけれど、もし、恐竜が生き延びていたら、人類のように進化したのかな、なんて、わたしはつい思ってしまうのだ。

いま地上には人類しかいないけれど、友人のように、同じように進化した恐竜人類のようなものが地上にいてくれたら、ちょっと楽しいのじゃないかと思うのだ。

そうしたら、寂しくも、心細くもないかも知れない。――いまそうであるみたいには。

最近のこの世界のように、天災や気候の変化が深刻で、病気が流行るような時代には身に染みて思う。

人類は孤独だ。

人類だけが、高度な文明を持つ種として、この星の主として生きていかなくてはいけない。自分たち人類や、地上の生きものたちの生命の運命を見据え、守りながら、生き延びなくてはいけない。

それって、果てしなくひとり旅をするように、孤独なことだと思うのだ。

（恐竜、どこかに生きてたりはしないかな）

そんなこと、子どもの頃以来で久しぶりに思ったのは、たぶん、神社の境内を掃除していた七月の黄昏時の、その空に帚星《ほうきぼし》を見たからだろう。

ネオワイズ彗星《すいせい》。

海の上にまるで絵のように長い尾をなびかせて浮かんでいる、遠い宇宙から来た旅人。

長く青白い尾をたなびかせた彗星が、次に地球の空に見えるのは、五千年以上も後のことだとか。

その頃の地球には、当然わたしはもういないけれど、人類は滅びずにちゃんといて、ちゃんと繁栄しているんだろうか、と、ふと思った。

いまよりもっと進んだ科学の恩恵を受けて、幸せに生きてるのならいいんだけど。

でも――。

ふと、想像してしまう。長い尾を引く彗星が、ひとの気配の無い、廃墟《はいきょ》のような暗い都市を訪れる未来を。そんな寂しい情景を。


人類は、空に見える月に科学の力で到達し、往復だってできる。地球と月の間には、宇宙ステーションだって存在している。太陽系の彼方、宇宙の果てを目指して飛び立った宇宙船だってある。

人間は羽がないから飛ぶことはできないけれど、はるかな星の世界まではばたくことのできる翼を手にしたようなものだ。

けれど、それでも人類は、二〇二〇年現在、いまだ感染症には打ち勝てていなかったりする。鋭い牙《きば》も爪《つめ》も、大きな体も持たない人類が、科学の力を以てして、この地球を代表するような生物になったけれど、小さな小さなウイルスに負けてしまったのだ。目に見えないほどの、小さな存在に。

ある意味、自然に意趣返《いしゅがえ》しをされたようなものだな、って、わたしは思っている。

自然に負けないために得た力——科学は、人類の持つ特別な力というか、ゲームの世界でいえば最終魔法みたいなものだけど、それでも自然の力に負けてしまうことがあるのだ。


「せめて、恐竜が生きていればいいのに」

恐竜人類が地上にいてくれればいいのに。

ありえないと思いながら、つい、妄想してしまう。

滅びたはずの珍しい魚が思いも掛けないところでひょっこり見つかったりするように、どこか人里離れたところで、恐竜たちやその末裔が隠れ暮らしていたりしないだろうか。

ちょうど、大昔に滅びたという、ニホンカワウソやニホンオオカミの末裔がどこかに生きているらしいという話題が、いまでもときどきニュースになったりするように。

(でも、人類に見つからずに、地上のどこかで、大きな体の恐竜たちが生き延びるって無理なのかなあ……)

魚とはサイズが違うしなあ。カワウソやオオカミとかとも。

そういえば昔、イギリスのネス湖という大きな湖に、首長竜《くびながりゅう》が棲んでいるっていう、とても有名な噂があったと、父さんから聞いたことがある。でも、どうもほんとうじゃなかったらしいとかなんとか。

きっと洋の東西を問わず、人類は恐竜がいたらいいのになあ、と夢見るんだろうとわたしは思う。滅びてしまった生きものたちが、いまも生きていてくれないだろうか、と。

恐竜の一部は進化して鳥類の祖先になった、という話もある。小鳥たちはいつもわたしたちのそばにいるし、空には野鳥が飛んでいる。だから、恐竜はほんとうにはこの地上から姿を消したというわけではないのかも知れない。

知れないけれど——でもね。

黄昏時の空を見上げながら、わたしは軽くため息をつく。

子どもの頃、よく夢をみた。

大きな羊歯や、見たことのない巨大な植物が生い茂る、森や広々とした野原で、恐竜たちと遊ぶ夢だった。たとえば、頭に見事な角《つの》をいただいた、トリケラトプスの背中に乗って、のんびりと大地を行く。トリケラトプスは草食の恐竜だから、大きいけれど、優しいのだ。たまに植物の葉を口に入れ、もぐもぐと食みながら緑の波の中を行く。

と思ったら、気がつけば翼竜の背にわたしは乗っていて、グライダーのように翼を広げたまま、風に乗り、はばたかずに空を駆ける翼竜の背中から地上を見下ろす。

翼竜の首や肩には、色とりどりの鮮やかな色の羽毛がふわふわはえていて、わたしはその羽毛に顔を埋め、摑《つか》まって空を舞うのだ。

どこまでも、遠くまで。


週末、久しぶりに恐竜の本が読みたくなって、駅前商店街のそばにある、古い博物館併設の図書館に本を借りに行った。

海に注ぎ込む川沿いの博物館は戦前からあり、空襲を免《まぬか》れたので、展示物も貴重なものが残っている、という話だった。この街の子どもたちは、小学校の頃から校外学習その他で、何かとこの古い場所に出かける機会が多い。

子どもの頃、恐竜や化石の本といえば、まずあてにして借りに行き、読みふけっていたのは、ここの併設図書館の本だったので、真っ先に足が向いてしまった。

父さんがやはり、恐竜が好きなので、家には本格的な恐竜の本もあるけれど、子どもの頃に慣れ親しんだ、古い絵本や子ども向けの図鑑が恋しくなったのだった。

小さな図書館は、知る人ぞ知る、といった感じの場所なので、いつもそこまで混むことはない。けれど、今日はぱらぱらと親子連れのような人影を見かけた。

春の間、例のウイルスの関係で、博物館はお休みになっていたので、その分、いま、来館者が戻ってきているのかも知れない。


風早の街では、昔、恐竜の化石が発掘されたこともあって、恐竜は町おこしで使われることもあり――つまりは、それくらいには、この街のひとたちは恐竜が好きなのだった。

海に面したこの街では、昔から古い地層の中に貝や海藻の化石が見つかる。かつては大きな森もあったらしく、古い時代の植物や、巨大な昆虫たちの化石が出ることもある。

それだけでもロマンチックなんだけど、その上に、恐竜たちの化石も、ちらほらと見つかることがあるわけなのだ。翼竜も首長竜も、完全な姿ではなく、前足の指の先だとか、後ろ足の踵の辺りだけとか、一部分だけ発掘されたりもするけれど。でも、学校に寄贈された小さな恐竜の指の欠片や、博物館にある、復元されたラプトルの仲間の姿、孵らない恐竜の卵の化石の写真をパネルにしたもの――この街の子どもたちは、そんなものを見て育つのだ。

たくさんの化石や、本や写真を通して、わたしたちはこの街の風景に重ねて、いまはもう、この目では見えない世界を見る。

時の彼方の世界に消えてしまった、いまとは違う自然の姿と、かつてのこの星の住人たちの姿を。


博物館はいつもより早めに閉館するようで、夕方近く、まだ明るいうちに閉館の挨拶の放送が流れた。

日差しが強いこともあって、本を入れたリュックを背負って外に出ても、まだ昼間のような感じがした。

というか、いっそ眩しい。

暑さのせいもあって、軽く目眩《めまい》がした。

見上げた街路樹の枝越しの空に、そのとき、大きな鮮やかな色の翼が見えたのは、暑さと疲れ故の錯覚だったのだろう。

野鳥にしてはずいぶん大きい、ほとんど人間ほどの大きさの翼の影が空をよぎるのが見えたような気がしたのだ。

でも、そんな大きな鳥はいない。もしいたら、それは天使だなとわたしは思った。天使にしては、ずいぶんトロピカルな、南国みたいな色彩の翼だったけれど。


空はあまりに明るすぎて、暑すぎて、夜が近づいてきているなんて思えなかった。木々や自分の影が、博物館のそばの遊歩道の煉瓦《れんが》に落ちる、その長さで、ああ夜が近づいているんだなあ、気配はまだないけど、なんて思う感じだ。

(まったく)

つい、ぼやきたくなる。

ウイルスも問題だけど、地球温暖化も大問題なわけで。

このまま気温が上昇していったら、南極や北極の温度も上がって、氷も溶けて、海や川から溢れた水が、低い場所にある都市を沈めてしまうだろう。シロクマやペンギンは氷がなくなると生きていくことができなくなるから、滅びへの道を辿るだろう。

もちろん、地球全部の平均気温が上がれば、滅びてしまうのは、限られた地域のひとびとや生きものだけじゃない。

「暗澹《あんたん》たる感じだよなあ」

足下の影を見つめて、深い深いため息を、繰り返しながら歩いた。

やっぱり五千年後の地上には人類はもう存在していないような気がする。人類だけじゃない、他の生きものたちも。

生命の気配の無い夜空に、彗星は孤独に帰ってくるのだろう。


川沿いの遊歩道を繁華街へ向けて歩き、そのまま商店街の中を歩いているうちに——気がつくと、神社への道ではなく、記憶にある、あの風景の中にいたのは、心の中のどこかで、救いを求めていたからかも知れない。

大小の鳥居が、空を背景にいくつも並んでいる、あの情景。いまはもう地上に存在しないはずの、かつて空襲で焼かれた戦前の風早の街の情景の中にわたしはいた。

あの春の日に、初めてその店を訪れたときと同じように。

違うのは、あの日見た、街を包んでいた空は満月をいただいた夜空だったけれど、いま見えているのは、優しい朱と金色に染まった、夏の夕焼け空だということだった。

古めかしい木の塀や、電信柱が並ぶ路地の、黄昏色の情景の中に、わたしはひとり立っていたのだ。

かすかに線香の香りがする、心地よい、ひやりとした風が吹きすぎた。

その風に手招きされるように、わたしは古い路地を急ぎ足で歩く。

赤く染まる、路地の奥に、ほおずきの実のような色に光る、店の名が書かれた灯りがある。まるで、灯籠のような灯り。

『コンビニたそがれ堂』の看板だ。

お客様が迷子にならないように灯してある灯り。

そこまでたどりつけば、すぐそばに、小さな四角いコンビニエンスストアがある。

白と朱と金に彩られた、大きなガラスの窓と扉を持つコンビニ。開店したばかりの新しいお店にも、ずっと昔からそこにあるお店のようにも見えるのは――やはりそこが、神様の経営する魔法のコンビニだからだろうか。

その店には、世界中のありとあらゆるものが並んでいるという。それどころか、絶対にあるはずのないものまでがきっとある、というお店で――実際わたしは春にこの店にたどりついたとき、ありえないものがこの店の棚に並んでいるのを目撃したのだった。

コンビニたそがれ堂は、心から探しているものがあるひとがたどりつくところ。ほんとうに欲しいものがきっと手に入るお店だった。

わたしは店から降りそそぐ優しく穏やかな光の中に踏み込み、扉に手をかけてそっと開く。少しだけ、どきどきするのは、ここに来るのが二度目でも、やはりどこか夢をみているような、現実離れした気持ちになるからだろう。急がないと、夢から醒めてしまう、そんな焦りがやはりあるのかも。

だけど――。

「いらっしゃいませ、こんばんは」

レジカウンターからは、明るい声がかかり、そして、夢でない証拠に、わたしの足はちゃんと、コンビニたそがれ堂の床を踏む。

「二度目のご来店は、すぐでしたね」

カウンターの中で、長い銀色の髪に金の目の、制服姿の店員さんが笑う。

見た目はほっそりとした若者だけれど、この店の店長にして、風早の街を守護する神様、風早三郎だった。

ほんとうの姿は年を経た白狐。わたしが前にここに来てから季節が変わったのに、「すぐ」なんていうのは、自分が長い年月を生きる存在だからなんだろうなあ、なんて思う。

店長の隣で、鈴を鳴らすような声で笑うひとがいる。

「そこはやはり、その子は風早神社の巫女の血筋ですもの。運と勘がいいんじゃないかしら？」

かわいくもどこか怪しげな黒髪の女の子は、よく似合う和服姿。入道雲の浮かぶ空にかもめが舞い、日に照らされた海が輝く景色を染め抜いた着物の上に、白いエプロンを掛けている。

わたしと同い年くらいかな、と思ったけれど、もっとずっと年上にも見える、不思議な陰影のある瞳は、蜂蜜や琥珀の、淡い茶色。珊瑚色の唇からのぞく糸切り歯は少しだけ長い。

初めて会うはずなのに、わたしのことを知っているのは、つまり——この子が噂の看板娘、ねここなのだろう。いつの間にか、この店で働くことになったという、化け猫の娘だ。

学校の友人たちが、この子の話をしているのを聞いたことがある。ここ数年たそがれ堂に現れるようになった、と噂なのだそうだ。最初はアルバイトだったけれど、いまでは正式な店員に昇格したとかなんとか。

あやかしの身であることの証明のように、その子の着物の柄の中で、入道雲はもくもくと空を移動して行き、かもめはすうっと宙を舞う。

「それで、風早神社のお嬢ちゃん。何かお探しのものがあるの？」

少しだけハスキーな声で、その子はわたしに訊ねる。長い糸切り歯が白く光る。

「探しものは、ええと、今日は特には——」

ねここは形の良い眉毛を片方、不満そうにつり上げる。

「えー。じゃあ、願い事があるとか？」

「それも特には……」

「やあねえ、じゃあ何でこの店に来たの？」

それはわたしもそう思う。

ふと、思い当たった。

「ひとつだけ、あることはありますけど——子どもの頃の願い事を、思い出しました」

「なあに、なあに？」

ねここが身を乗り出す。猫そのもののように、好奇心に目をきらきらと輝かせて。

「恐竜に会いたかったんです。小さい頃のわたし、恐竜のお友達になるのが夢でした」

「恐竜」

ねここが絶句した。

「恐竜ってあの、とかげが大きくなったような生きもの？　大昔に絶滅したっていう？　変な趣味ね」

呆れたようにいわれてしまった。

レジの隣で、店長が笑う。

「ねこさん、そこまでいわなくたって」

「だって。とかげって捕まえてもしっぽがとれるから腹が立つんだもん」

ああ、この子はほんとうに猫なんだ。そう思ってわたしも笑ってしまう。

神社の今の代の二匹の猫、わたしと姉妹のように育った鵺子と虎子は、石塀にいるとかげを追いかけて、捕ろうとすることがある。どうも捕まえて人間にプレゼントすると喜ばれるものだと信じているらしい。

うまくいった、と思っても、しっぽだけ捕まえていたりして、するととかげの尻尾は切れて、本体は逃げていってしまう。しっぽに惑わされた猫たちは、逃げていくとかげを目にして、それはそれは悔しそうな顔をするのだ。

（まあ、恐竜に会いたいとか、友達になりたいなんて願い事は、たそがれ堂じゃあ、さすがに無理だよね）

いくら神様でも、風早三郎がどうにかできるような願い事じゃないような気がする。

お話のカテゴリが違うというか。

「恐竜は別にいいんです。ええと、わたしたぶん、今日とても落ち込んでいて――でもきっと誰に話しても解決のしようのない、そんな事柄だから、ひとりで淡々と滅入っていて。もし、願い事があるとしたら、そんな気分を晴らしたかった、ということなので――」

わたしはたそがれ堂のふたりにいった。

顔を上げて、笑って。

「たそがれ堂にこうして再び来ることができて、噂のねこさんにも出会えて、楽しくお話しできたから、気持ちは晴れました。そういう意味じゃ、願い事は叶ったかも。ありがとうございます」

「ちょっと、ほんとにそれでいいの？」

ねここがエプロンの腰に手を当てた。

「せっかくたそがれ堂に来たのに、話聴いてもらうだけでいいっていうつもり？」

うんうん、と風早三郎がうなずく。

「それだけで帰っちゃうのは、ちょっとだけもったいないってものですよね。美味しいものでも食べて帰ります？」

「そうよ、それがいいわ」

ねこが大きくうなずいた。


イートインのコーナーでご馳走になった、夏の味付けだという、ひんやりとした柚《ゆ》子《ず》胡《こ》椒《しょう》風味のお稲荷さんは、上品な辛さがきいていて、ぴりりと美味しかった。

水出しの日本茶は綺麗な緑色で、磨《す》りガラスの器の中で宝石のように美しかった。

そして、ねこが楽しげに出してきたのは、この夏の新作なのだそうで、

「梅干しと鰹出汁《かつおだし》のシャーベットよ」

「えっ」

一瞬だけ戸惑ったけれど、ガラスの器の中で、緑と紫の紫蘇《しそ》の葉の上に薄く削られて、小さなかき氷のように盛られた薄茶色と赤のそれを添えてあった銀のスプーンですくうと、

「わあ、美味しい」

塩の味がまろやかで、梅と鰹出汁の風味がふんわりと口中で溶けて、ひんやりと暑さに疲れた全身に溶け、染みていくようだった。

ねこが鼻をつんとあげて、得意そうに笑う。

「人間は暑いときは塩分をとらなきゃなのよ。熱中症対策メニューを考えてみたの。ここしばらくの夏の暑さってちょっと異常だものね。たそがれ堂も対策しなきゃって」

そんな言葉を聴いているうちに、さっきまでの落ち込みの中身が思い出されてきて――わたしは、話すともなく、考えていたあれこれを店長さんとねこここに話していた。

恐竜がいなくて寂しいということから、五千年以上先の未来に彗星が帰ってきても、地上には誰もいないんじゃないか、なんてことまでを。

神様とあやかしは、黙って話を聴いてくれた。

ねこここが優しい目をして、笑った。

「五千年後っていったら、あなたもう生きてないじゃない？　自分が死んだ後の世界のことなんか、心配しなくてもいいのにさ」

「それは、自分でもそう思うんですけど、やっぱり何か、さみしくて」

優しいのねえ、と、ねこここがいったような気がした。

「あのね。長い長い間、人間をずっと見てきて、思ったことがあるの。人間の人生なんて、なるようにしかならない。まわりが案じても、助けてあげようと思っても、結局は自分で運命を選んで進んで行ってしまう。そんなものなのよ。

だから、遠い未来のことは未来に任せて、心安らかにいまを生きていった方がいいと思うの。未来の人間たちのことなんか、ほっときなさいよ。人間なんてさ、余計なことを考えてるひまなんてないほど寿命が短いんだから。

ねここは、とても優しいまなざしをした。

「もし——」

それはどこか、亡くなった母さんの目に似ているように思えた。

「もし不幸にして、人類や他の生きものがみんな地上から消え去っても、あたしは死なないで、きっとここにいるから。あたしがその、五千年以上先の未来の世界で、彗星を迎えてあげるからさ。

あなたや、他のいなくなった、たくさんの魂の代わりに」

店長さんが、そっとうなずき、そして口元に穏やかな笑みを浮かべて、いった。

「そのときは、わたしもきっと変わらずにこの街にいますから。黄昏時にはお店を開けてますから、彗星にも会うでしょう。——でもね、たぶん五千年後の世界でも、この街はここにあって、何か大切なものを探して訪ねてくるお客様も、変わらずに、ちゃんといてくださるような気がするんですよ。五千年たっても、それからずっと未来でもね。

ええ、何があろうと、変わらずに、みんなこの星で生きている。わたしは信じています」

美味しいものもいただいたし、話もたくさん聴いてもらったので、お客さんとして、何か買って帰った方がいいんじゃないかという気持ちになった。

(でもいま特に、欲しいものとかないものなあ)

そう思いながら、それとなく店の棚に目をやると——。

窓のそばにある、本のコーナーに並んでいた、子ども向けのおまじないの本が目にとまった。華やかな色彩で女の子のイラストが添えてある、てのひらくらいの大きさの薄い本だ。

何でこれが気になるんだろう?

自分でもわからないけれど、どうしても、手元に置きたくなってしまった。

(見るからに、小学生向けの本なのになあ)

ぱらぱらとめくってみた。

『あいたいひとに　あう　おまじない』

なんてページには、頬を染め、素敵な男の子に胸をときめかせている女の子、みたいな絵が添えてある。

『ほしがきれいなよるには　ねがいごとを　してみよう』

『ほしたちが　ねがいをきいて　くれるはず』

わたしの年齢で口にするのは、ちょっと、いやかなり恥ずかしいような、きらきらした呪文《じゅもん》がカタカナで書いてあった。

この本によると、そのきらきらした呪文を唱えてから、願い事をすると、空の上の星たちが願いを叶えてくれるらしい。

呪文といえば、我が家では代々お祓いをしてきているので、職業柄、祝詞《のりと》——ちょっと呪文のようなものはいくつもそらんじているし、真面目に唱えもするんだけども。

こんなきらきらした魔法少女みたいな呪文にはさすがに縁がない。

でも、ずうっと小さい頃は、小さい子向けの雑誌のコラムで読んだ、魔法の呪文を唱えてみたり、テレビアニメの魔法少女たちに憧れて、変身の呪文とか唱えてみたこともあったよなあ、なんて思い出すと、懐かしさに胸がキュンとした。

(まあ、こういう本が一冊くらい本棚にあっても、懐かしくてかわいいかも知れないし。何か買って帰りたいんだし、これでいいや)

レジに持っていって、値段を訊くと、五円だった。春に玉手箱を買ったときも、そういえば五円だったなあ、としみじみする。

コンビニたそがれ堂の品物は、それがどんなに貴重品でも五円なのだ。噂通りに。

「良いものを見つけましたね」

お会計をしてくれながら、神様が笑う。

「それは本物のおまじないの本ですから、きっと願い事が叶いますよ」

わたしは、神様とあやかしにお礼をいって、魔法のお店から現実の世界へと戻った。


帰り道。

海沿いの坂道を、ひとり我が家――神社のあるお山に向かって登って行くと、まるで星空に向かって登って行くような気持ちになった。

今夜は月がない。海の上の辺りの空には、星たちがさんざめくように、またたいていた。

まだ宵の口なので、北西の空にはかすかにネオワイズ彗星の姿も見える。

『ほしがきれいなよるには　ねがいごとを　してみよう』

『ほしたちが　ねがいをきいて　くれるはず』

「『あいたいひとに　あう　おまじない』か――」

きらきらのカタカナの呪文は覚えている。そして、風早神社へと登る、灯りもまばらな暗い坂道には、いまはわたしひとりしかいない。

一呼吸だけためらい、それから小さな声でカタカナの呪文を唱えた。そして、願い事を――。

「いつかどこかで、恐竜に会えますように。恐竜たちがほんとうには、絶滅なんてしていませんように」

それから――。

できれば、五千年以上先の未来の世界にも、たくさんの生命たちが地上にいて、戻ってくる彗星と会うことができますように。

大きな翼がはばたくような音がして、気がつくと、まるで星空から降ってきたように、参道の、つい目の前に人影が立っていた。

はっきりとは、その姿が確認できない。近くにいるのに、何しろ灯りがたりなすぎて。

わたしと同じくらいの背丈だろうか。少しだけわたしより高かったかも知れない。

でもとても細身で、華奢に、軽そうに見えた。

なぜだろう、男の子だ、と思った。

その誰かが、薄闇の中で、こちらに微笑みかけたような気がした。

『綺麗な星の夜ですね』

急に、頭の中に声が響いてきた。

驚いたけれど、まるで夢の中で不思議なことが起きたときのように、自然と言葉を返していた。

「そうですね。綺麗な星の夜。彗星も見えて」

微笑み返していた。


のちのち、そのときのことを思い返したとき、自分でも不思議だったんだけれど、その人影を怖いとはまるで思わなかった。

それは巫女故のひらめきからだったのかも知れないし、仮にもうちの神社の参道だもの、そこまで怪しげなものは降り立たないだろうという思いもどこかにあったのかも知れない。邪悪な存在なら一目でわかる、という、慢心というか、少しだけ偉そうな思いあがりもあったかも知れない。

けれど。

何よりも――その人影は、薄暗がりの中にいても、美しかった。

背中に色とりどりの美しい色彩の翼を広げ、同じ色彩の羽毛にふわふわとからだを取り巻かれ、まるで体重がないような華奢な姿で、星空と森を背景にそこにいたのだ。

鮮やかな翼を身にまとった天使みたいだ、と思った。それかどこか南国の、美しい花の妖精が、絵本の中から飛び出してきたような。

月のない夜だったから、星明かりと参道に灯された小さな灯りでしか、そのひとの姿は見えない。表情もよくわからない。

けれど、不思議と、ああこのひとは悪いものじゃない、と思えた。

友達になれそうだ、とも。

いっそ、今夜ここで出会えたのも、運命みたいなものだったかも、とまでも。

彼も同じようなことを思った、ということが、彼の心の声でわかった。


そして、彼はそれから長い話をした。

誰も知らない、物語のような長い話を、わたしだけに聴かせてくれた。

誰かに聴いてほしかったのだといった。

彗星の夜、星明かりの下で。神社の参道で。

森を吹き渡る、緑の匂いがする夏の風を愛おしむように翼とからだで受けながら。


自分は恐竜の末裔なのだと、彼はいった。

自然にうなずいていた。

聴く前に、わかっていたような気がする。

だってわたしは、コンビニたそがれ堂で、「本物のおまじない」が書いてある本を買い、そこに書いてあったとおりに、呪文を唱え、願い事をしたのだもの。


彼は実は、恐竜から進化した人類の末裔で、「地上」の「小さなねずみたち」の子孫の人類に会いたくて、今日、ここへ来たのだ、といった。

『世界中に、いくつか、ぼくたちの世界から「扉」を開きやすいところがあって、この国のこの街も、「扉」を開きやすい場所なんだ』

恐竜たちの、その末裔は、暗い地下の世界にある、深い深い渓谷の中に住んでいるのだそうだ。人知れず。地上のわたしたち人間にはけっして気づかれないようにして。

長い長い、六千と数百万年もの年月の間。

そこはたまに漏れてくる日の光とヒカリゴケの光に照らされた、永遠の夜の世界なのだそうだ。

水は凍るような地下水しかなく、食べ物は苔の他は、深い地下水に暮らす、原始的な魚や両生類くらいしかない。

過酷な環境ではあったけれど、地上は降ってきた巨大な隕石によって起きた異常気象のせいで恐竜たちの暮らせる世界ではなかったので、そこで生きていくしかなかった。いや、天変地異に襲われ、荒れ果てた地上を逃れて、奇跡的に、地下深いその場所にたどりつけたものだけが、生き延びることができたのだ。

それから途方もないような長い年月が経ち、恐竜とその子孫たちは、その場所で生きてゆくために進化したのだそうだ。

暗闇の渓谷での暮らしに順応するために、自らの形を変え、知性を高めていった。狭い地下世界にあわせて、彼らのからだは小さくなった。その方が地上よりも食料の少ない場所では生きていきやすかった。時に四足歩行をしつつも、手先を使うようになったため、二足歩行をするようになった。

知能が発達して頭は大きくなり、目も正面に来て、わたしたち、哺乳類から進化した人類の顔と似た感じの顔立ちになった。

星明かりと参道の灯りの中、ぼんやりと見える彼の顔立ちは、少し口元が尖って見えるけど、かわいい、と思った。

ただわたしたちと違うのは、まぶたが下から上に閉じることで、あ、小鳥と同じなんだ、とわたしは思った。恐竜から進化した彼らは、鳥類と先祖が同じ人類なのだ。

彼らは、地上の人類よりずっと先に、少し違う形で文明を発達させたのだという。それは地上の、哺乳類から進化した人類から見たら、魔法に思えるような文明かも知れない、と、彼はいった。

「高度に発達した科学技術は魔法と区別がつかない」って、昔の小説の中の言葉だっけ、と、わたしは思い返す。たしか子どもの頃、父さんに教わったのだ。

わたしたち哺乳類から進化した人類よりも、もっと先に進化した恐竜たちは、地下深く闇の世界で、まるで魔法のような進んだ文明を持つようになっていたのだ。

永遠の夜が続くような世界で、恐竜の末裔たちはそうしていまも生き続けているのだと彼はいった。

わたしは思った。――ああ、そうか、わたしたち人類が持つそれよりも、彼らの文明が進んでいるからこそ、彼らの存在は地上の人類には隠されたままになっているのかも知れない。

『きみたち「ねずみ」から進化した人類には、ぼくらはまるで魔法使いみたいに見えるかも知れない。実際ぼくらには、きみたちにできないことがたくさんできる。例えばこんな風に、思考に直接話しかけることが。——でも』

さみしげに、彼はいった。

『ぼくらは長く続いた闇の中での暮らしの末に、視力を失ってしまったんだ。生きるために必要でないものは、進化の過程で失われてしまうから。光のない世界で生きていくぼくらには、光を感じる器官は必要じゃなかったんだ』

そして地底深く暮らす彼らは、もう地上へと出ようとする望みを持つことはなかったのだという。

『それなりに幸福に生きていたからね。長い長い年月過ごすうちに、地底深い渓谷が、ぼくらには安全で天国のような場所になっていたんだ。

地底はぼくらの新しい故郷になった。

その後ぼくらは地底をはるばると旅して、驚くほどに広く高い空間を見つけたり、地底を掘り広げたりして、それなりにのびのびと暮らせるようにはなったからね』

彼は色鮮やかな翼で、地底の空を舞うのだろう。自らの目では見えない美しい翼で。

ふわふわの羽毛は昼と太陽のない世界で、からだを寒さから守るためのものなのかも。

そういえば、とわたしは思い出す。うちにある父さんの古い本の中に、「地球空洞説」なる謎の伝説が紹介された本があったような。人類の科学ではとらえられないような、地球の奥深い場所に、とてつもなく広い謎の空間がある——そんな話だったような気がする。北極か南極に円い大きな穴の形をした入り口があるんだったかな。

昔の本だから、いまじっくり読み返したら、もしかしたらちょっと、いやとても怪しかったりもする伝説なのかも知れない。

でも——たぶん、そんな風な広く深い、謎の多い秘密の空間で、恐竜の子孫たちはいまも暮らしている、ということなのだろう。

それが地上ではないということが、暗闇の中でのことだということが、悲しいことのようにわたしには思えたけれど、でも、その場所で幸せならばいいのかな、と思ったとき——。

心の奥に、悲しい響きの音を響かせるように、彼の思考がぽつんと飛び込んできた。

『だけど、みんながみんなそうだったわけじゃないんだ。迷いなく幸せなわけでは』

わたしの心に向けて、彼はいった。

『地下の世界には、空はない。地上なら、遠い空に見えるという星に憧れる者たちもいて、魔法の力を借りて、時として地上に浮かび上がったりするんだ。世界各地にある「扉」を開いてね。——そうして、地上に上がってきても、ぼくらの目にはもう星は見えないのに』

憧れるのは星だけじゃない。月にも、そして太陽にも憧れるのだと彼はいった。

『でも、太陽の光は、ぼくらの皮膚には熱すぎるんだ。今日少しだけ空を飛んでみたけれど、翼が焼け落ちてしまいそうで、どうしてもだめだったんだ』

さみしそうに、彼はいった。

彼は、地上の人類が月に到達し、さらに遠く、星々の世界へ行こうとしていることに憧れと親しみを感じているのだといった。

自分たちは地の底の世界でしか暮らせないけれど、同じ星に生まれた命たちが、その科学の力で空を目指すことを喜ばしく、ともに空を目指すような気持ちになっている。

もう、自分たちは、その文明の、科学の力で空を目指すことはなくなったけれど、と。

たとえ背に翼を持っていても。

『そんな言葉を地上の誰かに伝えたかったんだ。地底の闇の世界で、こんなことを考えている者たちがいるって、伝えたいと思った。
だから、魔法の力で——ぼくらの世界の科学の力で、「願って」みたんだ』
彼らの科学には、地上から見える星の光に「願い事」をしたら叶うという「魔法」があったので、願ってみたのだと、少年は笑みを浮かべて思いを伝えてくれた。
「そうか。わたしがおまじないの呪文を唱えたのと似てるのね」

彼は、いまの地上のことをよく知っていた。地下に暮らすひとびとは、科学の力で、地上の様子はなんでも知っていて、案じてもいるのだという。——なぜって、同じ地球の生命体から進化した人類の文明は、自分たちの文明の友人のような、きょうだいのようなものだと彼らは思っているからなのだそうだ。

『地上はなかなか大変だけど、なんとかなるだろうと思っているよ』

彼の思考は、わたしの思考の中で弾けるように笑った。

『六千と数百万年の昔、きみたちのご先祖様、「小さなねずみたち」は、天変地異の連続の中を、地上で生き延びたんだから。たくましく、どこにも逃げずに。

今度もきっと大丈夫さ。なんといっても、きみたちはあの月までもはばたく科学の力と、望みを叶える意志の強さを持っているんだからさ。

忘れないでいて欲しいんだ。ぼくたちが地底の永遠の夜の世界から、地上に生きるきみたちを見守っているということを。ぼくらの代わりに、科学の翼でどこまでもはばたいて欲しいと願っているということを。地上を離れ、はるかな空へ。あの星々の彼方へと遠く遠く』

そして、闇の世界に暮らす友人は、その美しい翼をはばたかせ、星空に舞い上がると、どことも知れない場所へと消えていった。

おそらくはわたしの目には見えない、「魔法」の「扉」を開いて、はるばると深い地下の世界に帰っていったのに違いない。

彼が束の間、ここにいたこと、わたしと言葉を交わしたことを、知るひとはいない。

ただ、神社の森の木々と、夏の夜の風と、空に広がる一面の星と、そして、ネオワイズ彗星が、そっと見守っていてくれたのかも知れなかった。

猫たちは光を灯す

うちは神社だけれど、サンタクロースは来ることになっている。

弟の透矢がまだ幼稚園児だからだ。

なので、十二月中旬のとある土曜日の午後、窓からいっぱいに光が射し込む居間のテーブルで、彼は楽しそうにサンタさんに手紙を書いている。お気に入りの変身ヒーローの絵付きのメモ帳の上に身をかがめて。

今年は何が欲しいんだろう。なるべく探しにくいものや、高そうなものじゃないといいなあと思いつつ、わたしが、通りすがりにちらりと様子をうかがうと、

「だーめ」

小さな手で手紙を隠した。

口を尖らせて、わたしを見上げる。

「ひとがかいてるおてがみをみたら、いけないんだよ」

むう。

たとえ差し出す相手が伝説上の人物であろうと、彼がいっていることは正しいので、

異論は差し挟まず、その場はそばを通り過ぎた。

いずれ合法的にあの手紙を見せてもらうか、さりげなく内容を訊き出すしかない。去年まではたやすいことだったけど、この頃すっかり大きくなったから、難易度が上がったかも知れないけど。

透矢は、背中を丸め、手元を隠すようにしてサンタへの手紙を書き続けている。ためにため息をついたり、独り言をつぶやいたり、消しゴムをかけ、かすをはらったりしながら。

一生懸命な様子に、わたしはふと微笑んでしまう。

きっと透矢は今年のクリスマスも、訪れるサンタのためにクッキーとホットミルクを用意して、そして眠りにつくのだろう。

わたしと父さんは、サンタの代わりに彼へのプレゼントを枕元に置き（去年は新幹線のおもちゃだった）、クッキーを食べ、ミルクを飲み干して、美味しかったありがとう、と、彼への手紙を書いてそっと置いておくのだ。

（サンタさんの存在を、ずっと信じていて欲しいなあ）

なるべく長く。もっと大きくなるまで。

いやうちは神社だけどさ。うちの神様、風早三郎は、その辺許してくれると思うので。

風早三郎は神様だけれど、むしろ率先して、クリスマスを祝いそうな雰囲気がある。サンタクロースと友達だったりしてもおかしくはない。もし、サンタさんが実在するとしたら、の話だけれど。

父さんはこの時間は、書斎で会社の営業の方の仕事をしているはずだ。さっき、部屋の前を通ったとき、電話かZoomで打ち合わせをする声が扉越しに聞こえてきた。

静かな台所で、電気ストーブの電源を入れ、ひとりぶんの紅茶を入れるためにお湯を沸かしながら、わたしは、ふと、ため息をつく。

サンタクロースを大きくなっても信じていられるのは、幸せな子どもの特権のような気がする。急いでおとなにならなくても良かった子どもだという証明というか。

ガラスのポットの中のりんごの香りのお茶の葉に、しゅんしゅんと沸いたお湯を注ぐと、甘い香りの湯気が立ち上る。

「わあい、いい匂い」

今年の夏は長かったけど、ちゃんと秋が来て、冬も来て、クリスマスはやって来る。紅茶が美味しい、と思える季節が帰ってきた。

抽出の時間を計っていた砂時計の砂の、その最後の数粒がさらりと落ちる。

ティーカップに綺麗な色の紅茶を注いで、その温かさと香りを楽しんでいると、いつの間にか板の間の足下に、二匹の猫、鵺子と虎子がやってきて、わたしを見上げた。

「あんたたちも、お茶——というか、おやつの時間にする?」

猫用のおやつを引き出しから出して、中身を小皿に入れて、それぞれの前に置くと、ありがとう、というように、にゃあにゃあと鳴いて、美味しそうに食べ始めた。

「あんたたちへのプレゼントは、おやつの詰め合わせにしようね」

ずっと昔、子猫の頃は、猫用のおもちゃを買ってあげたりもしたけれど、いまはもう二匹とも大きくなったから、遊ばない。

わたしとほぼ同じ頃生まれたはずの二匹の猫は、同じ十六歳なのに、もう若くはない。

猫の十六歳は人間の年齢に換算すると、八十歳のおばあちゃんになるらしい。二匹とも元気で若々しくて、毛並みだってつやつやで、そんな風には全然見えないけど。前に一度、二匹が人間の言葉で話しかけてくれたときも、わたしより少しお姉さんくらいな感じだったし。

だけど、美味しそうにおやつを食べる二匹の背中の辺りを見ると、若かった頃よりも痩せて、骨が浮いて見えるような気がした。

毎日見ているからわからないけど、少しずつ、少しずつ、猫たちは年をとっていっているのかも知れない。

同じ十六歳なのに。一緒に育ってきたはずだったのに。鴉子も虎子も時を駆け抜けるように、おばあさんになっていくのかな。

わたしだけ、後に残して。


うちはたくさん写真が飾ってある家だけど、台所には、小さい頃のわたしと二匹の子猫の写真が数枚ある。まるで三匹の子猫みたいに、じゃれあっている写真や、二匹とひとりで丸くなってくっついて、眠っている写真。

わたしたちはいつも一緒だった。思えば、母さんが病気で長く入院していた頃も──結局亡くなってさよならした後も、いつもそばに鴉子と虎子のぬくもりがあったから、心が凍えずに済んだような気がする。

だけどいつか──そう遠くないいつか、二匹の猫たちは、わたしのそばを離れて、どこか遠い場所に行ってしまうんだろうか？

母さんがそうだったように、もう会話することも抱きしめることもできないところに行ってしまうんだろうか?

二階に上がる階段の途中、踊り場の壁に、昔うちにいたという猫たちの写真がある。たとえば、鵺子と虎子の前の代の猫たちのうちの一匹の写真。揺り籠の中で手をぎゅっと握りしめ目をつぶっている、生まれたてのわたしの顔を覗き込んで、にっこり笑っているように見える、黒白の猫の写真がある。

わたしにはこの猫の記憶はないけれど、わたしが生まれる前から、お腹の大きな母さんのそばにずっと寄り添って、生まれてからはまるで乳母《うば》みたいに、赤ちゃんだったわたしのそばにいてくれたという、鞠子《まりこ》という名前の猫だ。とても年をとっていたから、わたしが生まれた後、すぐに死んでしまったらしい。

そして、わたしが生まれるずっと前、結婚したばかりの頃の父さんと母さんのそばに、祝福するように集まっている猫たちの写真。さらに昔、子どもの頃の父さんと一緒に、庭で蟬《せみ》を捕ろうとしている、かわいい子猫たちの写真。玄関のそばの藤棚の下で、若き日の巫女姿のおばあちゃまがうたた寝をしている隣で、寄り添うようにして丸くなっている猫の写真。昔の白黒の写真で撮られた、何枚もの、かわいらしい知らない猫たちの写真もある。

ほとんどが、わたしが生まれる前の猫たちの写真だから、当然ほとんどが、わたしには見知らぬ猫たちの写真だ。それぞれの時代にそれぞれの寿命を終えて、とっくにここにはいない猫たちだった。

だけど猫たちはみんな楽しげに、こちらを向いて笑っている。写真を撮ったひと（父さんや、亡くなったおじいちゃま、ひいおじいちゃまたち）の方を見て笑っているんだろうけど、時を越えてこちらに笑いかけているように見えたりもする。

風早三郎神社には昔から猫たちがいて、カメラが好きで上手な代々の神職がいたのだ。

神社とそこで暮らすわたしたち一族を見守ってきてくれた猫たちは、写真の中で、変わらずに、こちらを見つめ続けてくれている。

「――ねえ、長生きしてよね？」

身をかがめて話しかけると、鵜子と虎子は、舌で口のまわりを舐めながら、小皿から顔を上げ、きょとんとした――ような気がした。

わたしが、サンタクロースはいない――どうもあれは伝説上の人物らしいって知ったのは、いつのことだっただろう。

あれはずっと小さい頃、少なくともいまの透矢の年齢には、薄々気づいていて、でもおとなたちに気を遣って、信じているような振りをして、話を合わせていたような気がする。

まあ、我ながらこざかしい、というか、醒めた子どもだったんだけど、まるで夢から醒めるように、サンタクロースを信じなくなっていき、母さんが亡くなった小学五年生の頃にはもう完璧に信じていなかった。

「その年のクリスマスには、父さんと一緒に、まだ赤ちゃんの透矢にプレゼントとかあげてたもんね、たしか」

透矢が成長し、物心がついて、サンタクロースの訪れを待つようになってからは、あたかも父さんの共犯者のように、サンタクロースの実在を信じさせるための工夫もした。

十二月二十四日の夜には、高いところに隠したスマホから鈴の音を再生させて、「あっ、いまサンタさんの橇《そり》が空を行く音がした」

なんて、父さんとふたりで話を合わせたりとか。いやもう繰り返しになるけど、我が家はほんとうに神社なんだけど。でも、父さんはこの手のことにはノリがいいんだ。

小さな透矢が目を輝かせて庭に走ってゆき、夜空を見上げて、空ゆく橇を探したり、翌朝、枕元に欲しかった贈り物があるのを見つけて、飛び上がって喜ぶところを見るのは、いつだって楽しかった。父さんとふたりで、ひそかにハイタッチをしたりした。心のどこかに、亡くなった母さんの代わりに――すでにここにいない大好きだった母さんの代わりに、ひとつ使命を果たしたような、そんな誇らしげな気持ちもあった。母さん、今年も見事にサンタの代役をやり遂げたよ、みたいな。

お茶の時間を過ごした後、ティーカップやポットを洗っていると、いつの間にか台所から姿を消していた猫たちが、何やら小声で鳴きながら、とことこと戻ってきた。鵺子が半分ひきずるようにして口にくわえているのは、透矢のメモ帳だった。流しに飛び上がり、わたしの手元に置くと、得意そうに胸を張った。

「お、さすが鵺子。助かっちゃう」

メモ帳を手に、わたしは居間の方をうかがった。――透矢はいないようだ。その隙を狙って、鵺子はこれを持ってきてくれたのだろう。猫離れした賢さだけど、鵺子なら、それくらい思いついてもおかしくはないと、わたしは知っている。

ちょっとだけ良心がとがめたけれど、メモ帳のページを急いでめくる。欲しいものがわからないと、サンタクロースとしてはプレゼントを用意できないわけなので。あの子に気づかれないうちに、さっさと見て、居間に返さないと。

「ええと、あの子がさっきお手紙を書いていたページは……」

ヒーローの似顔絵や、猫や鳥の落書きが描いてあるページのあと、いちばん新しいページに、その手紙はあった。

『サンタさんへ』

大きかったり小さかったり斜めになったり、たまにひっくり返ったりしている鉛筆の文字が、メモ帳いっぱいに綴られている。

『ことしのクリスマスのプレゼントは　ぼくはいらないです　かわりにさやかおねえちゃんに　プレゼントをください』

「――えっ？」

『おねえちゃんは　サンタはおねえちゃんのところにはこないんだっていいましたでもおねえちゃんはとてもいいこなので　プレゼントをあげてください』

わあ、困った、と思った。

胸がじーんとして、目が潤むので、慌てて居間のテーブルにメモ帳を返しに行き、急いで台所に戻ってきて、床にうずくまり、ため息をついた。どこかに行っていた透矢が歌をうたいながら、居間に帰ってきた。たぶん、メモ帳をわたしが見たって、気づいてないと思うけど――。

わたしは猫たちと目を合わせて、またため息をついた。

「まったく、天使みたいな弟よね」

わたしなんかにはもったいない、世界一かわいい弟だ、と、思った。


父さんの仕事の区切りがついたタイミングを見計らって、そっと書斎の扉を叩き、中に入った。

「――どうしよう？」

サンタクロースへの手紙に書いてあった内容を父さんに話すと、スーツ姿の父さんは、楽しそうに笑った。

「どうしようも何も、沙也加が自分で自分のためのクリスマスプレゼントを用意すればいいんじゃないのか？　それを枕元に置いて、二十五日の朝に、サンタさんからの贈り物があった、って喜んでみせればいいんじゃないかと思うよ」

「演技力が必要になるね……」

わたしは肩を落とした。

その肩を父さんのがっしりした両手が叩く。いてて。

「大丈夫、沙也加ならできる」

「透矢のためなら頑張るけどさ。――でもさ、自分のための、サンタからのクリスマスプレゼントって、一体何を用意すればいいの?」

意外な展開過ぎて、何も思いつかない。

「素直に『いま自分が欲しいもの』でいいんじゃないか? 何でも買ってあげるよ。考えてみれば、もう長いこと、サンタクロースは透矢にしか来ていなかったんだ。いい加減、沙也加のところにも来ていいとお父さんサンタも思うぞ。

大丈夫、高校生が欲しいようなものくらい、父さんの稼ぎで買えるはずだ。――うんまあ、たぶん買えるんじゃないかな、と思う」

わたしは、ははは と笑い、そして考え込んだ。

「欲しいもの――わたしがクリスマスプレゼントに欲しいものって、何だろう?」

クリスマスに限らず、プレゼントに欲しいものってないような気がする。

腕組みをして考え込んでいると、父さんが、とても優しい声でいった。

「おまえは昔から、無欲だものなあ。欲しいものは何かないかって訊いても、ないって答える子どもだった。いまも変わらないんだな」

へへ、とわたしは笑った。

うん、たしかにいつもそんな風に答えていたかも知れない。

わたしは何もいらない、欲しいものはないよ、って。

「だけど沙也加。サンタクロースが存在すると透矢に信じ続けてもらうためには、ここはひとつ、沙也加が素敵なプレゼントをもらって喜ばなきゃいけないわけだ。クリスマスまでに、遠慮なく何か欲しいものを考えておきなさい」

と、いわれたものの。

クリスマスに欲しいものなんて、やっぱり急に思いつくものでもなかった。

子どもじゃないし。

いやそりゃ、普通なら、どんな年齢でも喜ぶようなことなのかもとは思うんだけど
――。

「どうしようかねえ?」

猫たちに相談しても、何を思うやら、わたしの顔を見上げてまばたきを繰り返すばかり。

「しょうがないなあ」

わたしはため息をついて、出かける準備をした。

幸い今日は、神社にいなくてはいけない用事がない、フリーの日だ。ふらっと街に出てみよう。かわいい弟がサンタを信じ続けるためならば、何かそれらしいものを見つけてみせよう。姉として。

街に行けば、きっと何か思いつくだろう。少なくとも、うちにいるよりは、きっと。

境内を抜けて、街へ降りる古い道を行こうとすると、鵺子と虎子が跳ねるようにして付いてきた。

「一緒に行く?」

訊ねると、二匹とも髭をぴんと上げて、にゃあ、と楽しげに鳴いた。

「じゃ、行こう」

子どもの頃から、二匹と一緒に街のどこへでも行った。——だけど、そんなこともいつかはできなくなるんだなあ、と思うと、寂しくなって、わたしは黙ってうつむいて、街へ続く坂と石段を降りていった。

父さんはわたしのことを無欲な子どもだったといったけれど、昔からそうだったわけでもない、とわたし自身は記憶している。

少なくとも、まだ母さんが生きていた頃は、密かに欲しいものがあった。

あれは思えば、ちょうどいまくらいの時期、クリスマスの頃のことだ。

わたしは小学二年生で、学校のそばにあった古い駄菓子屋さんに並んでいた万華《まんげ》鏡《きょう》に憧れていて、とてもそれが欲しかった。

それはいま思い出しても、魔法めいた、なんでこんな日常の中にこれが存在しているんだろうと思えるような、どこか現実離れした、美しい作りの万華鏡で、一目見たときに恋に落ちたように思った、そのときの自分の気持ちを覚えている。

母さんがクリスマスに何か欲しいものがあればサンタさんに頼んであげる、といったとき、すぐにその万華鏡のことが脳裏《のうり》に浮かんだけれど、わたしは首を横に振った。

「いらない。――それに、サンタクロースは、ほんとうには、いないもん」

母さんは困ったように笑った。

「母さんはサンタさんはいるって信じてるんだけどなあ。じゃあ、サンタさんの代わりに父さんと母さんが買ってあげるわ。さやちゃん、何か欲しいものはないの？」

「ない」

わたしははっきりいいきって唇を結んだ。

あの頃、いつも誰に聞かれても、買ってあげようといわれても、欲しいものは我慢していた。言葉でうまく説明できなかったから、誰にも理由がいえなかったけれど、欲しいものを我慢していれば、いちばん叶えたい願い事が叶うような気がしていたんだ。

母さんが元気になってくれるように。死なないで、ずっとそばにいてくれるように。

小さな子どもなりの、一種の願《がん》掛けみたいなものだったんだと思う。

そのうち、欲しいものの話をしないのが癖になった。おとなに訊かれても、何も欲しくない、と答えるのがデフォルトになった。

実際あの頃のわたしがいちばん欲しかったものは、わたしの願いは、神様でなければ叶えられないようなものだったんだし。

誰にも何も願わないうちに、欲しいものがあると口にしないうちに、わたしは欲しいものがない子どもになった。

あの日、欲しいものはないとわたしにいわれたときの、母さんの悲しそうな表情は、いまも覚えている。そんな顔させたくなかった、と小学二年生なりに狼狽《うろた》えたことも。

母さんは白い手で顔を覆い、いきなりはらはらと涙をこぼしたのだ。おとながそんな風に泣くところを見たことがなかったから、わたしはびっくりした。

寒い日だった。それは港のそばの運河の辺りに架《か》かる橋の上でのことで——海水交じりの冷たい冬の風に吹かれて、母さんの長い髪が舞い上がり、揺れていたのを覚えている。

塗りつぶしたような灰色の空が広がっていた。白いかもめが寒そうに飛んでいた。

わたしが小学二年生のその頃まで、母さんは毎日、下校の時間に学校まで迎えに来てくれていた。いま思うと、多少無理をしても、わたしとの間に少しでも多くの思い出を作りたかったんじゃないかと思う。

自分のことをたくさん覚えておいて欲しかったんじゃないかなとか。母さんの方でも、わたしの思い出をたくさん記憶して、死んだ後の世界に——持っていきたかったんじゃないかなとか。わたしと少しでも長く一緒にいたかったんじゃないかなとか。

大きくなったいま、当時の母さんの想いを想像すると、胸がぎゅっとなるけれど。

だけど——。

人生の残り時間。みんなたぶんそれを意識して生きてはいないけれど、ほんとうは生まれたときから、砂時計の砂が落ちるみたいに、その時間は減っていっている。

例外はなく、みんなそうなんだ。

もちろん、わたしだって。

父さんだって、まだ小さな透矢だって。

母さんは子どもの頃から、体が弱い自分が長生きしないだろうってわかっていたという。そんな話を父さんにしたことがあるんだって。だから、過ぎていく時間を大切に思っていたんじゃないだろうか。終わりが来ることを日々意識して生きていたっていうか。

それは悲しくて残酷なことのように思えるけれど、ほんとうにそうかな、と思うこともある。

母さんは、きらきらした、宝物みたいな時間を常に意識して生きていたんじゃないかなと思うんだ。日々、宝物を抱きしめるような気持ちで。それってもしかしたら、不幸なことじゃなく、幸せなことだったのかも知れないなって。

残された側からすると、どうしたって胸の奥が痛む、切ないことだけれど。


十二月の風早駅前商店街には、そこここに、華やかな飾り付けがされていて、今年はさすがにいつもより地味な感じもするけれど、でもやはりクリスマス、街は楽しげだった。

遠い日、小学二年生のあの学校帰りの日も、きっとこんな風に街は飾り付けられ、わたしは母さんと手をつないで、街を歩いていたのだ。ぼんやりと覚えている気がする。次の年の冬には母さんはもう毎日迎えに来られるほどの体力をなくしていたので――いま振り返れば、二年生のあの十二月が、元気な母さんと街を歩いた、最後の冬になったのだ。

あの日、母さんは、コートの上に巻いたふわふわのマフラーに顔を埋めるようにして、手をつないだわたしを見下ろして、笑った。

「今日は長くお話ししたいから、少しだけ遠回りして帰ろうか？」

おそろいのコートを着て、おそろいのマフラーに顔を埋めたわたしは、笑顔でうん、とうなずいた。

わたしだって、母さんと一緒なら、寒くてもいい、どこまでも歩いて行きたかった。

駅前商店街からちょっと先の、ひなびた三日月町《みかづきちょう》の商店街の近く。真名姫川《まなひめがわ》がゆったりと海に注ぎ込む辺りに、運河とそこに架かるいくつものいろんな意匠《いしょう》の古い橋がある。

そのうちのひとつの橋に、母さんはわたしの手を引いて連れていった。

その辺りは海のそばでもあまりひとけがないし、ましてやその日は寒かったし、母さんとわたししかいなかった。

まわりには古い倉庫とビルの裏側が見え、そして、ゆったりと波の打ち寄せる海がすぐそばに、広々と見えた。


鋳物《いもの》でできた黒々とした橋の手すりには、長い体の竜の像が飾ってあって、珠《たま》が飾られた欄干《らんかん》の柱に長い首を巻き付かせていた。

「この橋にはね、不思議な魔法の力があって、ときどき、過去や未来の情景を、気まぐれにひとかけらだけ、見せてくれたりするんですって」

母さんは、物語を語るような口調で、楽しげにいった。

「見られるなら、ずうっと先の未来が見たいな、って、子どもの頃から思ってるんだけど、まだ一度も、何も見たことがないの。今日こそ、見られないかなあ」

その頃のわたしは、だいぶ魔法や奇跡のことを信じなくなってきていたけれど、母さんの話すことは別格で、だから、過去や未来のかけらが見えるんじゃないかと、橋の上から辺りを見回したものだ。

母さんはそこでわたしに訊いたんだ。

その不思議な橋の上で。

「ねえ、さやちゃん。クリスマスに欲しいものはない？　もしあったら、サンタさんにお母さんから頼んであげるわ」

わたしは海からの風に吹かれながら、首を横に振り、いらない、と答えた。サンタクロースはほんとうにはいないもん、と。

そしたら母さんは、風の中で、急に泣き出したのだ。子どものように、しゃくりあげるようにして、泣き続けた。

そして、わたしのそばにしゃがみ込み、涙に濡れた冷えた両手で、わたしの顔をはさむようにして、

「欲しいものは欲しいっていっていいのよ」

といった。

「でないと、サンタさんもね、辛いんだもの。小さな子どもの願い事を——みんながあなたの願い事を、心の底から、叶えてあげたいって思っているんですもの。なんでも買ってあげたい、って」

わたしの顔の上に、母さんの涙が落ちた。

「おとなには、永遠に子どものそばにいて、ずっとずっと願い事を叶えてあげることができないんだもの。どんなに叶えてあげたいと思っても、なんだって買ってあげたいと思っても」

そして母さんは優しく笑った。涙をこらえるようにして笑った。泣き笑いのその表情が忘れられない。

思い出すたびに、なんで自分はあのときクリスマスプレゼントをねだらなかったのだろうと胸がぎゅっと痛くなる。

思い出すたび、何度だって、痛くなる。

むしろ、大きくなっておとなに近づくごとに、胸の痛みは強くなっていくような気がする。

(万華鏡、買って欲しいっていえば良かったな)

そうしたら、あの素敵な万華鏡は、クリスマスの朝に、枕元に置かれていたんだろうか。

一度も手にすることがないままだった、あの万華鏡。覗き込んでいたら、どんな風景が見えたんだろう。

そして、万華鏡を喜ぶわたしを見て、母さんはどんなに喜んでくれたろう。

笑ってくれただろうか。幸せそうに。

古い駄菓子屋さんに売られていた、あの万華鏡。そのお店の中ではひとつだけ飛び抜けて高いもので、売り場の台の上で、きらきらと女王様のように輝いていた。

当然、小学二年生のわたしのお小遣いでは買えなかった。貯金箱のお金を足したって。

あれを覗き込めば、どんな不思議なものが見えるんだろうといつも想像だけしていた。

だから覗いたことがなかった。恐れ多すぎて、離れて見るだけで、一度も手にすることがなかった。

夢にも出てくるくらい欲しかったけれど、そもそもあんな高級品はねだってはいけないような気がして、買って欲しいといえなかった。

駄菓子屋のおばあちゃんは、子ども好きの優しいおばあちゃん。みんなに優しかったけれど、わたしがその万華鏡に魅入られているのが見ていてわかったんだろう。

ある日、こっそりささやいてくれた。

「さやちゃんがそんなに気に入っているなら、その万華鏡は、誰にも売らずに置いておくよ」

おばあちゃんは猫が好きで、街にいる猫たちがお店に出入りするのをかわいがり、好きにさせていた。そのときもストーブのそばで、膝の上に猫を一匹乗せて、なでてやりながらささやいたんだ。

優しい言葉と、笑みが嬉しくて、そういってくれたことが胸がどきどきするくらい、嬉しくて——だから、そうお願いすることができなかった。

神社の娘として、地元の商店街のお店の人たちと結びつきが強くて、みんなからかわいがられていたから、お店に売っているひとつひとつの品物が大事だということも、優しいその言葉に甘えてはいけないということも、二年生なりにわかって、遠慮してしまったのだ。

わたしは首を横に振って、

「——ありがとう。でも、いいです」

とだけ答えた。

あの万華鏡は、その後、どうなったろう。

誰か買ったひとはいたのだろうか。

いまはどこにあるのだろう。

あのお店は、その後そうたたずに閉店してしまった。おばあちゃんはずいぶん前に亡くなってしまい、お店があった場所には、小さな駐車場があるばかりだ。

遊びに来ていた猫たちは、どこに行ってしまったのだろう。

万華鏡は、二度と買えないものになってしまった。

手の届かないものに。


「もしわたしに、いま欲しいものがあるとしたら――あの万華鏡だな」

わたしは苦く笑う。

自分を笑うように。

欲しいのは万華鏡そのものじゃないんだ。わかってる。

小さい頃の自分に戻りたい。二年生の十二月に戻って、元気だった最後の年の母さんにちゃんとおねだりをして、万華鏡を買ってもらいたい。サンタクロースになった母さんに枕元に置いてもらい、翌朝に大げさなくらい喜んで、母さんに笑って欲しい。

あんな悲しい顔で冬の空の下で泣かせてしまうのではなく、子どもが一番欲しいものを贈ることができたって、素敵な思い出を作り、幸せそうに笑って欲しいんだ。

そんなの、無理だってわかっているけれど。

もしかして、あの万華鏡をどこかで探すことができたとしても、奇跡的にそんな願いが叶うとしても、母さんはもういない。あのひとを笑わせることは、誰にももうできない。

時を巻き戻すことはできず、地上から消えてしまった命にはもう会えない。


クリスマスソングが流れる駅前商店街を猫たちといっしょに歩き、たまにここに来た目的を思い出して、ショーウインドウを眺めたりしながら、わたしはふと思う。

休日の午後の商店街。いまここを歩くひとびとのうち何人かは、次の冬には、次の冬には、未来の冬のいつかには、もう地上にはいないのだ。百年後には確実にいない。楽しげに歩いているあのひとも、無表情に道を急ぐあのひとも、何かを配達しているあのひとも。

商店街にいる人たちだけじゃない。

地上にいるひとと、ひとだけじゃない、動物たちだって、みんなそうなんだ。

みんないつかは命の終わりのときを迎え、地上から消え去ってしまう。

それはもう命あるものとして生まれてきたからには仕方がないことかも知れない。

（だけど――）

儚いなあ、と思う。

わたしたち人間には、猫たちや他の生きものにだって、心があって、笑ったり嬉しかったり悲しかったりして、毎日思うことや願うことがあるのに、命が終われば、あとかたもなく、地上から消えてしまうんだ。

こんなこと、考えてはいけないってわかっているけれど、どうせ消えてしまう命なら、何のために、みんな生きているんだろう。

命に意味はあるんだろうか。

どうせ消えてしまう――ないものと同じになってしまうのだったら、この心に、感じることに意味はあるんだろうか。

願うことに。祈ることに。

そんなことを考えながら、十二月の商店街を歩くうちに、いつか見覚えのある路地に迷いこんだのは、自明の理というか、当たり前のことだったかも知れない。

大小の鳥居が空に並ぶ怪しげな景色も、三度目となると、懐かしささえ感じる。

わたしは猫たちと目を合わせ、そして、路地の先に、オレンジ色の光を放つ灯籠のような看板が置かれているのを見つけ、その先に、神様のコンビニの姿を見たのだった。

求めるものは何でも売っている、不思議な魔法のコンビニの、白と朱、金色に彩られた姿を。大きな窓とガラスの扉が、路地にあたたかな明るい光を放つ情景を。

路地の先、小さなコンビニエンスストアの上の空は、黄昏の色。

冬の澄んだ空の下で、優しい色の灯りを路地に放ち、お客様を呼んでいるようだった。

灯台の灯《ひ》のように。

奇跡と魔法はここにありますよ、と、それを必要とするお客様たちを招くように。

「いらっしゃいませ、こんばんは」

上機嫌で、どこかうたうように、長い銀色の髪の店長さんが、レジカウンターから声をかける。その隣には、あの和服にエプロン姿の化け猫のねここが、こちらも上機嫌に、

「いらっしゃい、神社のお嬢ちゃん」

と、わたしに声をかけてくれる。

「猫ちゃんたちもいらっしゃい」

二匹の猫、鵺子と虎子が、上品な感じに、しっぽをあげて、店長さんとねここに挨拶する。

天井から降りそそぐ明るい照明の光は、春の日差しのような柔らかく透明な色。からだを包む暖かな空気は、まるで懐かしい誰かのてのひらにそっとくるまれ、慈しまれているような、そんな優しいぬくもりだった。


コンビニたそがれ堂の店内には、棚の端っこや、足下のそこここに、大小のリースやクリスマスツリーが飾ってあって、色とりどりの電飾が楽しげに光を灯している。流れているＢＧＭは当然のように、クリスマスソングで――。

ああほんとうに、このお店は期待を裏切らないんだなあ、とわたしは笑ってしまう。いまの時期に迷いこめば、きっとこうなっているだろうっていう予感はあった。

たぶん、店長さんはイブの日やクリスマスには、三角帽子くらいかぶっていそうな気がする。

いつのまに、カウンターを出てきたのだろう。ねここが、息がかかるほど近くにいて、琥珀色の瞳でにっこりと笑う。

「お嬢ちゃん、今日は、何を買いに来たの?」

ねここのまとっている着物の柄は、冬の森の情景だった。星が灯る青い夜空の下に、樅《もみ》の木の森が続いている。よく見ると、空の星はときどき流れ、森の木々の間に、トナカイの影が見え隠れする。しんとする冷たい空気と針葉樹の葉の香りが漂ってくるようだった。

あやかしが身にまとう着物だもの、魔法の布でできているんだろう、とわたしは思う。

わたしはねここに軽くうなずきながら、もう目が無意識のうちに、「それ」が置いてある棚を探していた。

「今日はちゃんと探しているものがあるんです。ですから――」

見つけたのは、わたしと二匹の猫たちが同時だったかも知れない。

わたしは糸で引かれるように、その棚の方へと足を進める。二匹の猫がわたしを導くように、早足で同じ棚へと向かう。

レジのそばにあるそこはたぶん、クリスマスの贈り物にいいような小物が集められた棚で、スノードームやくるみわり人形や、手回しのオルゴールなどの、愛らしいものや美しいものたちが、ポインセチアの造花やクリスマスカードと一緒に並べられていた。ただでさえ明るい店内で、その棚は、きらきらとひときわ光を放っているようだった。

その棚の真ん中の段、いちばんめだつところに、あの万華鏡があった。透明なガラスの台の上に、花やレースを添えられて、まるで女王様が王座に君臨しているような様子で。

わたしはどきどきしながら、棚の前に立ち、万華鏡を手に取った。燻《いぶ》されたような渋い金色の万華鏡はエナメルと色とりどりのガラスの欠片で彩られ、手にするとひんやりとして、ずっしりと重かった。

おばあちゃんの駄菓子屋さんで、遠目に見ていた万華鏡、一度も手に取ることもなかったそれが、いまたしかに手の中にあった。

違うだなんて思わなかった。

記憶の中に焼き付いた、欲しいといわなかったことを何度も後悔したあの万華鏡そのものだったし、何よりもここは、コンビニたそがれ堂だったからだ。

心から探しているものは必ずある、伝説の、魔法と奇跡のコンビニエンスストアだから。

わたしは万華鏡をそっと抱きしめた。

これがわたしの手元に今更やってきたとしても、何が変わるわけでもない。すべてが遅すぎるんだ。そんなことは、わかっている。

けれど、欠けていたものが戻ってきたような、とても懐かしいものが還ってきたような、そんなほっとする想いがした。

胸の内の渇いていた部分に、静かに水が満ちてきて、ひび割れた部分がうるみ、溶けてゆくような。

たそがれ堂に他のお客様の姿はなく、この日の目的を果たしたわたしは、神様たちに引き留められるままに、熱いコーヒーを飲み、チーズと胡椒《こしょう》が香ばしくきいた塩味のクッキーをご馳走になった。猫たちは茹でたささみの良い香りのスープと、こちらは塩気を控えたチーズをご馳走に。

聞き上手のねここが、

「ねえ、お嬢ちゃん、ここに迷いこんだってことは、何かしら悩み事とか鬱屈したことかがあったんでしょう？

なになに？　話しなさいよ」

目を輝かせて訊ねるので、わたしは猫たちとたまに視線を交わしつつ、弟の書いていたサンタへの手紙のことを話したりした。なぜ万華鏡を探していたのかとかそんな話も。

最近の出来事と子どもの頃のこと。悲しかったことと、いまも痛みが胸をさす後悔と。問われるまま、相づちを打たれるままに、とりとめもなく話すうち、生きることの意味について考えたなんて重たいことも話してしまったのは、コーヒーがあまりに香り高く、クッキーが美味しく、すべての悩みがどうでも良いことのように思えそうなほどだったからかも知れない。

店内の暖かな空気の心地よさのせいで、店に一歩踏み込んだそのときから、心がほどけるような感じがしていたからかも。

あるいは、イートインコーナーの、そのテーブルの上、わたしの日の前に、文字通り夢にまで見た万華鏡があって、それだけで十二分に満たされたような気持ちになっていたからかも知れない。

楽しく美味しい時間が過ぎて、レジでお代を払うとき――それは当然のように五円だったのだけれど――店長さんが、ふと、いった。

「ひとの時間でいうずっと昔、あなたのお母さんがまだ大学生で、いまのあなたとそう変わらないくらいの年の頃、たそがれ堂にいらした、そのことは聴いていますか？」

「はい」

店長さんは、よしよし、というようにうなずくと、静かに続けた。

「わたしはあなたのお母さんのそのときの姿を、いまもはっきりと覚えています。ちょうどいまのあなたのように、このレジの前に立ち、プラネタリウムのチケットを頰を染めて受け取って、ありがとうございます、と笑っていました。魔法と奇跡を信じ、未来の幸せの訪れを信じ、夢見ていた、その明るい笑顔を、はっきりと思い出せます。

なにしろ、時を越えて生きるわたしには、ついこの間の、一呼吸前のことくらい最近に思える出来事ですからね。

きっと、これから先、長いときが経っても、わたしはあのときの娘さん――沙也加さんのお母さんのことを覚えているでしょう。コンビニたそがれ堂がこの地にある限り」

店長さんは、とても懐かしいものを見るような目をして、微笑んだ。蜂蜜色の瞳は、揺らめく光をたたえたように静かな輝きを放ちながら、わたしを――いやたぶん、記憶の中の、若き日の母さんの笑顔を見つめていた。

風早三郎の記憶の中では、いまも店の中に、あの日の母さんが生きているのだろう。

「そして沙也加さん、今年の十二月に、そしてその前にも、春の桜の季節にあなたがたそがれ堂を訪ねてきてくれたことも、わたしはきっと忘れません。この先もずっと覚えています」

店長さんは、そう付け加えた。

笑みを含んだ優しい声で、店長さんは話し続ける。

「人間はわたしの目には、くるくると姿を変えていく絵のように見えます。姿を見かけるたびに大きく強く美しくなってゆく。刻々と成長し、おとなになり、やがて――老いてゆくからです。人間のような言い回しをするならば、早回しの映像を見るような、となりましょうか。まるで草花の枝葉が伸び、つぼみが開いてゆき、花が咲くように、あなたたちは日々、姿を変えてゆく。

あなたもこの先、おとなになってゆくでしょう。いえ、いまこの瞬間も、おとなになってゆく旅の途上にあります。あなたは、強く美しく聡《さと》い女性になる。伴侶《はんりょ》を得たり、家庭を持つことになるかも知れない。お母さん、と呼ばれるようになり、いずれ孫をその手に抱くようになるのかも。あるいはいろんな国に移り住み、街を旅して、ひとりで自由に空をはばたくように生きる人生を歩むかも知れない。

どんな旅と旅の目的地が待っているのか、それはわたしの目にもまだはっきりとは見えていませんが、沙也加さん、あなたはすでにして、もう未来へ続くはるかな旅に足を踏み出しているのです。

けれど、あなたがどんな旅人になり、どう姿を変えていっても、わたしはいまの姿の、まだ年若い旅人であった今日のあなたを、忘れずに覚えていますよ。「永遠に」

わたしはふと思った。——わたしと母さんだけでなく、いままでこの店を訪れ、レジの前に立ったすべてのお客様のことを、店長さんはみんな覚えているのかも知れないな、と。

みんなが店長さんの記憶の中で生きていて、ずっとこの店にいるのかも知れないな、と。

母さんのように、もうこの世界には存在しないお客様たちも、ここにはみんないて、店長さんの目には見えているのかな、と。

たそがれ堂のレジの前に立った、そのときの楽しげな表情、幸せで、元気な姿のままで。

たそがれ堂の窓の外は、いつか、とっぷりとした冬の夜の色に変わっていた。父さんに何もいわずに出てきてしまったし、さすがにそろそろ神社に帰らないと——。

店長さんが綺麗な布の袋に入れて渡してくれた万華鏡を、わたしは大切に抱えた。

クリスマスイブの夜には、これを枕元に置いて眠るのだ。小学二年生のクリスマスイブの夜の母さんの代わりに、自分でそっと枕元に置こう。その夜の母さんになった気分、それから、サンタクロースになった気分で。

ごちそうさまをいって、店を出ようとしたとき、ねここが後ろから呼び止めた。

「クリスマス本番の日までは、まだちょっと日にちがあるけど、これ、あたしからのささやかなプレゼント」

そういって差し出されたのは、お菓子が入った、緑色のかわいらしいブーツが二つ。

ひとつは弟さんにね、と渡された。

そしてねここは、鵺子と虎子に身をかがめ、なでてやりながら、笑顔でいった。

「あんたたち猫ちゃんにも、はいおやつ。猫薄荷の飴よ。あとでお嬢ちゃんにもらってね」

リボンをつけた紙の袋に入れられた、飴の袋も託された。

店を出るとき、ねここが見送るように外に出て、風が吹くような柔らかい声でいった。

「大丈夫よ」と。

「あたしもあなたのことを忘れないから。もしかして、今日きりでもう二度と会えないなんてことがあったとしても、きっと忘れない。永遠に覚えてる。だけど、何度でも訪ねていらっしゃい。もっともっとたくさんお話をして、もっと忘れられなくなるように。

あたし、優しい子は好きよ。猫に優しい子は大好きよ」

クリスマスの模様の着物の身をかがめ、白いエプロンを夜風にそよがせながら、ねここは猫たちの頭をなでる。

「この子たち、頭もからだも小さくて、鼓動も呼吸も速いから、あっというまに時を駆け抜けて、生きて、死んで、ひとのそばにはいなくなってしまう。

でもね、それを不幸だとは思わないで。

ひとよりも短い生を精一杯生きて、ひとを家族だと思い、愛しぬいていくのだから。

もしいつか、さよならの日が来たときは、別れを悲しむよりも、ありがとうと、笑顔でいってあげて。あなたがいてくれて幸せだった、大好きだよ、って。そしたらきっと、猫は自分は幸せな猫だった、いい一生だった、って、思えるだろうから」

鵺子と虎子は、黙ってわたしの顔を見上げた。髭をふわりと上げて。

ねここはそんな二匹を、愛おしむように強くなでてやり、猫たちといっしょに、わたしの顔を見上げた。

琥珀色の目で、じっと見つめる。

「あのね。命はその長さで幸不幸が決まるものじゃないの。長く生きなくても、幸福なまま燃え尽きる命もある。

もとは猫だったあたしは知っているの。

――だけど、それはもしかしたら、猫だけのことじゃないかも知れないわね」


空にはぽっかりと円い月が浮かんでいた。

まぶしく感じるほどの明るい月を見上げて歩くうちに、ふと、寄り道したくなった。

一ヶ所だけ、行きたいところがある。

心の中で、父さんと透矢に手を合わせて、ごめんね、と謝る。まあうちはご飯を作るのは父さんの役目だから、わたしが多少遅れても、二人で夕食でも食べていてくれるだろう。

夜風に吹かれながら、猫たちと向かったのは、港のそばの運河に架かる橋だった。

冷えた夜風が吹きすぎる、十二月の海辺には、他に歩くひともなく、わたしと猫たちだけが、さえざえと明るい、銀色の月の光を浴びてそこにいた。

久しぶりに訪れた鋳物の橋は、たぷたぷと寄せる闇色の海水の上に架かり、月の光は、さざ波を、橋の欄干の竜の像や珠を、濡れたように輝かせていた。

「母さん――」

そこで声をかければ、そのひとに届くような気がした。

時を越えて。過去の世界のそのひとに。

「母さん、あのね。わたし、欲しいものがあったの。とても綺麗な万華鏡。欲しかったっていうまで、少しだけ時間がかかったけど、ほら、ここにちゃんとあるの。

クリスマスのプレゼントに、サンタさんにもらうことにしたの。――だから」

わたしは、月の光を浴びながら、祈るようにいった。

「だからもう、泣かないでいいからね。わたしはいま幸せで、子どもの頃も幸せだったんだから。母さんのこと、大好きだったから」

夜風は吹きすぎて、波は静かに打ち寄せて。

あの二年生だった十二月に、母さんとこの橋にいた、あの午後と同じように。

わたしは抱えていた万華鏡を、布の袋から出した。

月の光を受けた万華鏡は、美しく輝き、魔法の世界から来た不思議な道具のように見えた。

「ほら、綺麗でしょう？　素敵でしょう？」

母さんに見せてあげたかったな、と思った。

子どもの頃に欲しいといえていたら、母さんと一緒に手元で見ることができたのかなあ。

一緒に、覗いてみることができたのかな。

わたしは少しだけ涙ぐみ、万華鏡を目に当ててみた。

何が入っているのだろう、しゃらしゃらと音がする。

ひやりとする心地よい感触に、目を開く。そこには、無数の花冠が輪になって広がっていた。たくさんの花びらが、刻々と形を変えながら円を描く。

「わあ、綺麗――」

まるで、世界に花が咲き、花びらの雨を降らせているような、そんな美しい情景が万華鏡の中に広がっていた。

わたしは夢中になって、万華鏡を目に当てたまま、あちこちを眺めた。しゃらしゃらと音がして、見えるものが変わる。

鵺子と虎子にも見せようとしたけれど、猫たちの目にはよく見えないのか、だから何？　みたいなうさんくさげな顔をされてしまった。

わたしは笑い、また万華鏡を目に当てて——。

それはどういう弾みだったろう。

万華鏡の中に見える情景が、なんだか妙に明るいなあ、月の光や街灯の明るさにしては、と思っていたら。

ふいに、万華鏡の中の、花の降る世界に、記憶にある情景が浮かび上がったのだ。

おそろいのふわふわのマフラーとコートを身にまとった親子が、そこにいた。

冬の午後、この橋の上で。

白い空にかもめが舞っていた。

見間違えようがなかった。

あの日の午後のわたしと母さんだ。

小学二年生の、あの十二月の。

胸がどきんと鳴った。

万華鏡の中の母さんは、花の雨の中で、急に泣き出した。

小さなわたしのそばにしゃがみ込み、両手で、わたしの顔をはさむようにして、何か話しかける。——わたしには、わかっている。

「欲しいものは欲しいっていっていいのよ」

といったんだ。

「でないと、サンタさんもね、辛いんだもの。小さな子どもの願い事を——みんながあなたの願い事を、心の底から、叶えてあげたいって思っているんですもの。なんでも買ってあげたい、って」

小さなわたしの顔の上に、たぶん母さんの涙が落ちているだろう。熱く優しい、大粒の雨粒のような涙が。

「おとなには、永遠に子どものそばにいて、ずっとずっと願い事を叶えてあげることができないんだもの。どんなに叶えてあげたいと思っても、なんだって買ってあげたいと思っても」

泣き笑いの表情で、母さんはあの日、そういったんだ。

言葉は聞こえないけれど、笑顔は見えた。

涙に濡れている、懐かしい笑みが。涙をこらえているような笑顔が。

「母さん」

とっさに万華鏡から目を離して、そのひとの姿を探したけれど、そこにはただ、夜の静かな海と運河、いくつかの橋があるばかり。

もう一度万華鏡を覗き込むと、そこには花の輪に囲まれた、あの日の午後のわたしたちがいて。

わたしはひとり、うなずいた。

(ああ、これが、この橋が見せてくれるっていう、時のかけらなんだ)

母さんから聴いた、橋が気まぐれに見せてくれるという、違う時代の情景。それをいま、わたしは見ているのだろう。

万華鏡の中に、あの日のわたしと母さんがいる。母さんは泣いていて、わたしはそんな母さんに驚き、戸惑っていて。

(わたしの声が届けばいいのに)

母さんに、泣かないで、といいたかった。

あのときの自分の想いを伝えられたら。

そう思うけれど、同じ橋の上にいるのに、長い時の流れがわたしたちの間にあって、過去の世界はとても遠かった。
だけど――。

こうして高校生になった自分だから、気づけたことがあった。
母さんの涙は、悲しいだけの涙じゃなかった。
言葉と感情が涙になって溢れている、そんな涙だと思った。
自分の無力さに憤るのは、目の前にいる小さな娘が愛おしいから。
哀しみよりもそれ故の涙だった。
愛おしさの、涙だと思った。
(だから、母さんは笑みを浮かべていたんだ)
やっと、あの笑顔の意味がわかった。

果てしない慈しみと、大好きだという想いと、目の前の小さな沙也加を見つめながら、ずっと先の未来の沙也加のことをも見つめているような――涙に濡れていても、そんな深い想いのこもった、強いまなざしだった。
「母さん」

届かないとわかっていて、わたしは叫んでいた。

万華鏡の中の、そのひとに向かって。

「母さん、大丈夫だから。わたしは、未来のあなたの娘は幸せで、とても元気だから」

だから、だから。

そのとき――。

万華鏡の中の母さんが、顔を上げてこちらを見たような気がした。

錯覚かも知れない。

でも、たしかに、花の雨が降る情景の中の母さんは、わたしを見て、まばたきを繰り返しながらわたしを遠く見て、そして、にっこりと笑った。

手袋の手で、自分の涙を拭い、明るく笑ってくれた、そんな風に見えた。


かさりと万華鏡が音を立てた。

万華鏡の中の情景の、花の雨の花びらのかたちが変わり――もう、そこには、あの十二月の午後の情景が見えることはなかった。

わたしは軽くため息をついて、万華鏡を目から離した。

月の光が静かに、わたしと二匹の猫の上に降りそそぎ、打ち寄せる波の音が、ただ響いていた。

「あの橋は、時に時間を越えて過去や未来を見せてくれることがあるのよ」

母さんは何度もその話をしてくれた。

あの冬の午後の後も。

どこか楽しそうに、微笑みを浮かべて。

もしかしたら、母さんはあの日、いまの成長したわたしを見たんだろうか。

十六歳の、高校生になったわたしを。

自分には見られないはずの未来の情景を、そこに立つ成長した娘の姿を見たんだろうか。

「――だといいなあ」

わたしは鵺子と虎子にいって、橋を渡る。

街の方、風早神社に帰らなきゃいけない。

「たくさん道草しちゃったものね」

猫たちが、早足で、音もなく、わたしのあとをついてくる。

月の光に照らされた海沿いの遊歩道を歩きながら、わたしはふと思い出す。

小学五年生のとき、入院していた母さんとの永いお別れのその前に、母さんが白いベッドからわたしを見上げていった言葉がある。

「大丈夫。別れても、またすぐに会えるから」

母さんはそういって微笑んだのだ。

自分の目元に浮かんでいた涙を、指先で拭って、どこか楽しげな笑顔で、いったのだ。「これでお別れじゃないからね」


その言葉を、あの日の、そしてその後のわたしはそのままの意味で受け取っていた。

つまり、母さんは死んでしまうけれど、また会えるのよ、みたいな感じで。

魂は永遠だから、いつかまたきっと再会できるのよ、と。

でもわたしは、あの頃そういう、魂のこととか神様のこととか、優しい奇跡を信じられなくなっていたので、母さんはああいったけれど、きっともう会えないんだと思って絶望していた。死んでしまえば、心も魂も、すべてが消えてしまうんだと思っていたから。

(でも、もしかしたら、あの言葉はそういう意味じゃなく――)

今年の十二月のわたしが、十六歳になったわたしが、あの日の自分と束の間会えることを知っていて、そのことをいっていたのかも知れない。

母さんはきっと、いまのわたしを見た。自分が見たあれは未来のわたしだと、その奇跡を信じていたんだ。

だから、再会を楽しみに、眠りにつくことができたのかも知れない。


風早の街の、駅前商店街の路地には、魔法のコンビニたそがれ堂がある。運河には、時を越えた世界の情景を気まぐれに見せてくれる、不思議な橋がある。

世界に、優しい奇跡があることを知っていたから、母さんは微笑みを浮かべ、安らかに旅立てたのかも知れない。自分がふれたのと同じ優しさに、たくさんの魔法と奇跡に、あとに残してゆく、わたしや透矢がくるまれ、守られるだろうと信じることができたから。


ひやりとするけれど優しい夜風に背を押されるようにしながら、わたしは月の光に照らされて銀色に輝く夜の海を見る。

さざ波の音を聴きながら、ゆっくりと家路を辿る。猫たちといっしょに。

「消えてしまうわけじゃないいんだね」

見えなくなってしまうだけで、消滅するわけじゃない。最初から存在しないのと同じだってことはない。絶対にない。

あの冬の午後の母さんの想いも、涙も、微笑みも、たしかにあのとき存在していたのだから。

同じように、いまわたしが思っていることも、悲しかったことも嬉しかったことも、いつか未来に、消えてしまったように思えることがあったとしても、そうじゃないんだ、と、思えるような気がした。

「――ね、そういうことだよね?」

足下の猫たちに話しかけると、猫たちは、月の光に銀色に輝く海を背景に、どこか得意げに顔を上げた。

そんなこともわからなかったの、みたいな表情で。

そしてわたしは、そのとき、海の波の中に、無数の星の光のような煌めきを見た。

それは金色や青や緑色の、対になった無数の煌めきで、見間違えようもない、何匹もの猫たちが、夜の海の波の上に立って、優しい目でわたしを見つめているのだった。

三毛猫《みけねこ》やとら猫や、黒い猫や白い猫や、いろんな毛色の猫たちがいて、そのどれもがどこかで会ったことのあるような猫だと思っていたら、その真ん中にいる一匹の猫を見て、心の深いところで、悟った。

その黒白の柄の美しい猫は、鞠子だった。

わたしが生まれる前からそばにいて、赤ちゃんの頃のわたしを見守ってくれていたという、優しい猫。

鞠子は金色の瞳で、写真に残されたのと同じ愛情で、わたしを見つめていた。時を越えて。過去と同じまなざしで。

その視線を知っているような気がした。

いつもそばに感じていたような。

ふと思った。――それと気づかなかっただけで、あのまなざしはいつもわたしのそばにあったのかも知れない、と。

『あたしたちはずっとさやちゃんを見守っているよ』

と、鵺子がいった。

とても優しい、お姉さんのようないい方で。

虎子がうなずいて、言葉を続けた。

『猫たちがきっとそばにいて、見ているから、いつどんなときも、怖いことも寂しいともないんだよ』

『猫の目は、月や星みたいに、光を灯すから。この目の光で、さやちゃんの足下を照らすから。さやちゃんや、このあとこの街に生まれる子どもたちが迷子にならないように。

猫はずっと見てる。さやちゃんたちが気づかないときも、忘れたときも、きっと、そばにいるから。

だから、大丈夫だよ』

夜の海に浮かぶ猫たちの、その真ん中で、鞠子も優しく目を細め、わたしを見つめる。

代々の猫たちの目の光が、わたしの行く手を照らす光になる――。

空の星のように。

旅路を守る小さなランプのように。


海の香りがする夜風の中で、わたしは猫たちのまなざしと同じように、母さんのまなざしも感じる。もう会えない、他のひとびとの、そのまなざしをたしかに感じる。お別れしてきたひとたちの魂のかけらを。

無数の思い出が、優しい記憶が、夜の空に、月の光の中に、満ちているのを感じた。それは錯覚にも思えそうなほど、儚い気配で、けれどたしかにそこにあると、いまのわたしには思えた。

宇宙の遠い彼方にある恒星の光のように、目に見えないほどの小さな煌めきでも、その光はたしかにそこにある。

だから、わたしはひとりじゃないんだ。

どんなときも。

生きていれば、ひとはいつかたくさんのものと別れてゆく。どんなに大切な存在でも、手と手を振ってさよならをいわなくてはいけない日がきっと来る。

だけど、たくさんの思い出が光になる。

未来に向かう背中を守る優しい手になり、行く手を照らし、足下を照らす光になる。

そしていつか、わたし自身も、誰かの思い出になり、そのひとの歩む足下を照らすための小さな光になるんだろう。

万華鏡を手に、わたしは猫たちと道をゆく。海の上にはまだたくさんの猫たちがいて、楽しげに波の上を駆けてついてくる。

やがて夜明けが来て朝になれば、魔法の時間は終わり、猫たちの姿は薄れ、見えなくなるのかも知れない。

だけど、わたしは知っている。

覚えている。

優しい猫たちの輝くまなざしを。

そして海はまた夜を迎え、空には星が灯り、月が昇り、魔法が蘇る。

その繰り返しを、この街もこの国も、世界も地球も続け、これからも続けていく。

どこか楽しい気分で鼻歌をうたいながら、わたしは猫たちと家路を辿る。

今年のクリスマスイブ、耳を澄ましていたら、空飛ぶ橇《そり》の鈴の音が聞こえるかも知れない。

そんなことを考えて、うきうきしたりしながら。

あとがき

　今回のこの物語は、タイトルに「異聞」とあるように、本来の『コンビニたそがれ堂』シリーズからすると、番外編になります。

　語り口も一人称、語り手は風早神社の巫女の高校生なので、いつものお伽話のようなたそがれ堂のつもりで手に取ると、少しだけ、雰囲気が違うと思われるかも知れません。

　風早神社、もしくは風早三郎神社の設定は、初期からありました。いままでの『コンビニたそがれ堂』で風早三郎を奉る神社の話が登場するときは、ちらちらと背景として登場させてきています。

　いまの代の宮司が兼業で普段は会社員のお父さんだとか、高校生の巫女の女の子がいる、という設定も比較的初期からあって、いつかどこかで書きたいと思っていました。ちょうど昨年、ポプラ社のＰＲ誌asta*から連載のご依頼をいただき、では神社の話を書いてみようかと思ったのでした。

連載の後、ポプラ文庫ピュアフルで早い時期に文庫に入れていただけるのがわかっていたこともあり、リアルタイムの世界の要素も入れてみようかな、と思いました。ちょうど――というと語弊があるのですが、世界はコロナ禍にあり、そういう日々の風早の街で生きる少女の話を書こうかと思ったのでした。

昨年春、新型コロナウイルスが流行し始め、世界中が暗闇に落とされたように、暗い予感と先の見えない不安で覆われていた頃、読み手のみなさんが、「たそがれ堂なら、コロナに効く薬があるのかな」「たそがれ堂に薬を探しに行きたい」と呟く声をあちこちで目にしたから、ということもありました。

大きな震災があったときにも思ったのですが、わたしには世界のためにできることは何もなく、けれど、ひととき夢見る気持ちを本の形の魔法にして残すことはできるので、せめて、と、この物語を書いたのでした。

あの頃の世界の、そして日本の日々、早い時間に暗くなる街や、ひとけのなくなった商店街、希望が持てない中で息を潜めて暮らしていたようなそんな日々の空気を物語の中に残しておきたいとも思いました。いつかまた穏やかな日常が戻ってくれば、どんな特異な日々も忘れられてしまうものなので。

それにしても、去年という年は不思議な年で、妖怪アマビエは流行るし、空には彗星まで飛んでくるしで、振り返るとずいぶん物語的な、というか、ドラマチックな年だったと思います。この先の未来、二〇二〇年という年は特別な一年として記憶されていくのでしょうね。アマビエの絵と彗星の写真とともに。

さて、このあとがきを書いているいまは、二〇二一年四月。現状、新型コロナウイルスは、ありがたいことに高い効果が認められるワクチンが開発され、全世界で接種が始まって、国によってはかなり進んでいます。コロナ禍故の不況や生活の不安の方はまだ如何ともし難いですが、空気はいくらか明るくなりました。夢のような話で、昨年の日本の、世の終わりだったような雰囲気――ワクチン開発がうまくいくことにも、その効果があることにも悲観的だった、あの日々が忘れられません。

さて、この『コンビニたそがれ堂異聞　千夜一夜』ですが、元が二〇二〇年八月号から、二〇二一年一月号までの雑誌連載だったので、この物語の時間の中ではまだワクチンは完成しておらず、当然接種も始まっていません。本が刊行されるのは六月の予定ですが、それまでの間に、世界の状況はどれほど変わるでしょう。良い方向になるらいくらでも変化してほしいものだと思います。この物語に描いた世界や空気感が、過去の時代の特異な記録として読めるようになるように。

最後になりましたが、今回も美しい絵をいただいた、こよりさん、ありがとうございました。すみずみまで物語への愛に満ち、深いメッセージが込められた絵をいただけましたこと、心から感謝しています。その絵を表紙として見事に仕上げてくださった、装幀の岡本歌織さん（next door design）、またも素敵な本をありがとうございました。印刷と製本の中央精版さん、今回もお世話になりました。ポプラ社Nさんもかっこいい帯とあらすじに感謝です。

応援してくださっている読み手のみなさん、書店や図書館関係者のみなさん、ありがとうございます。たそがれ堂新刊です。初めて手にしてくださったあなたもありがとう。

最後の最後に。今回の物語に登場させた風早三郎の逸話については、『コンビニたそがれ堂セレクション』（ポプラ社）に収録された文章、山の神については『海馬亭通信』（ポプラ文庫ピュアフル）で過去に書いています。未読の方は良かったら。竜宮城の姫君については、実は『人魚亭夢物語』（小峰書店）に登場する海の女神の血縁なのですが、この本は古いので、探すのに手間取るかも知れませんね。

二〇二一年四月十三日
初夏めいてきた長崎の仕事部屋より

村山早紀

初出

海の記憶　「asta*」二〇二〇年八月号～十月号
星へ飛ぶ翼　「asta*」二〇二〇年十一月号
猫たちは光を灯す　「asta*」二〇二〇年十二月号～二〇二一年一月号

コンビニたそがれ堂《どう》異《い》聞《ぶん》　千《せん》夜《や》一《いち》夜《や》

村山《むらやま》早紀《さき》

2021年6月5日初版発行

発行者……千葉 均

発行所……株式会社ポプラ社

〒102-8519 東京都千代田区麹町4-2-6

フォーマットデザイン　荻窪裕司(bee's knees)

印刷・製本　中央精版印刷株式会社

落丁・乱丁本はお取り替えいたします。

電話（0120-666-553）または、ホームページ（www.poplar.co.jp）のお問い合わせ一覧よりご連絡ください。
※電話の受付時間は、月～金曜日10時～17時です（祝日・休日は除く）。

ポプラ文庫ピュアフル

ホームページ　www.poplar.co.jp

N.D.C.913/218p/15cm
ISBN978-4-591-17048-9
P8111314

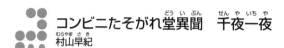

小さな祈りは光になって
あなたのもとへ

村山早紀『コンビニたそがれ堂』

装画：こより

駅前商店街のはずれ、赤い鳥居が並んでいるあたりに、夕暮れになるとあらわれる不思議なコンビニ「たそがれ堂」。大事な探しものがある人は、必ずここで見つけられるという。今日、その扉をくぐるのは……？　慌しく過ぎていく毎日の中で、誰もが覚えのある戸惑いや痛み、矛盾や切なさ。それらすべてをやわらかく受け止めて、昇華させてくれる5つの物語。〈解説・瀧 晴巳〉

魔法のようなきらめきと
温もりがいっぱい！

村山早紀
『コンビニたそがれ堂　祝福の庭』

装画：こより

本当にほしいものがあるひとだけがたどりつける、不思議なコンビニたそがれ堂。北国の高校を卒業し、いまは街角の洋品店で働くつむぎが、たそがれ堂で手にしたものは――。かつて諦めてしまった夢の続きを描いた「ガラスの靴」、老いた人気漫画家と少女の交流がユーモラスな「神様のいない家」、サンタクロースに手紙を書いた少年たちの物語「祝福の庭」。すべてを突き抜けてあふれだす魔法のようなきらめきをどうぞ。

歩きだすひとに贈る、
明るい空の魔法です

村山早紀
『コンビニたそがれ堂　小鳥の手紙』

装画：こより

大切な探しものが見つかる不思議なコンビニたそがれ堂。千花が幼い頃、隣家の庭に不思議なポストがあった。そこに手紙を入れると、なぜか空の上の「あの人」から返事がくる。結婚を控え故郷を離れようとしている千花は、もう一度だけ優しい手紙を読みたくなって。知らぬ間に見守ってくれていた温かなまなざしの物語、「小鳥の手紙」。春の風早の街を舞台にした二話と、話題作『百貨の魔法』の番外編を収録。

いつもそばにいる
遠くにいても、ずっと

村山早紀
『コンビニたそがれ堂　猫たちの星座』

装画：こより

本当にほしいものがある人だけがたどりつける、不思議なコンビニたそがれ堂。人生の終幕に差し掛かった周太郎さんが、街の人たちに幸せを贈る「サンタクロースの昇天」、取り壊しの決まった雑居ビルで占い師をしている女性が来し方をふりかえる「勇者のメロディ」など、他者の幸福を願って生きた人たちの顛末を描く。各話に「猫」が登場、機知にとんだユーモアで包みながら、生きることの意味を温かく伝える。

花散る宵、
時の魔法に涙する

村山早紀
『コンビニたそがれ堂　花時計』

装画：こより

大切な探しものがある人だけがたどりつける、不思議なコンビニたそがれ堂。地味で目立たぬ若者が、若くして世を去り幽霊に。影の薄さに磨きをかけて暢気に暮らしていたが、街で見かけた善意の学生をその死の運命から救おうと思い立ち……。優しい幽霊の物語、『柳の下で逢いましょう』。遠い昔に別れた人との不思議な時間を描いた『約束の夏』、すれ違う少女たちの願いが切ない『踏切にて』の三本。